AF237488

Shulamith

Meine drei Leben

erst **Bäuerin**

dann **Schamanin**

jetzt **Jesus Braut**

Autobiographie

Herstellung und Verlag: BoD –
Books on Demand, Norderstedt

ISBN: 978-3-7562-3754-8

Inhaltsverzeichnis

Teil I - Mein Leben als Bäuerin

Teil II - Mein Leben als Schamanin

Teil III - Mein Leben als Jesus Braut

Teil I

Mein Leben als Bäuerin

Die Kindheit

Ich bin am 15. 4. 1969 um 15.04 Uhr geboren als Älteste von insgesamt vier Kindern. Mein Vater war von Beruf Maschinenschlossermeister wie sein Vater vor ihm auch. Immer, wenn wir mit ihm an seiner Firma vorbeikamen, sagte er mit theatralischer Stimme: „Mannesmann. Der Mörder meiner Jugend." Anders als seine Kollegen hatte er auch geistige Interessen, spielte Schach, hörte klassische Musik und verschlang Unmengen von Büchern, so wie seine Tochter später auch. Aus einem der großen russischen Werke entstammt auch mein Vorname Natascha, den meine Eltern für mich ausgesucht hatten.

Wir wohnten in einer kleinen Siedlung, welche die Firma Mannesmann um 1900 für seine Arbeiter erbauen ließ. Alle Häuser hatten einen großen Garten für Gemüse und Ställe für Hühner, und in der Zeit bis nach dem 2. Weltkrieg gab es hier auch die „Kuh des kleinen Mannes", also die Ziege zur Milchgewinnung. Meine Mutter, die damals Hausfrau war, was in den 1970er Jahren als vollkommen selbstverständlich galt, hat Gemüse angebaut und von den 27 (!) Obstbäumen im Garten viel in Gläsern eingekocht. Sie hat auch oft an ihrer Nähmaschine gesessen, um Kleidung für uns Kinder zu nähen.

Wir Kinder hatten jegliche Freiheit in unserem großen Garten, kletterten auf Bäume und Dächer mit Strickleitern, fuhren mit unseren Rollschuhen die Bürgersteige auf und ab, bis die Straßenlaternen angingen und es Zeit war für das Abendbrot. Mehrmals die Woche holten wir Kinder unsere Milch bei Bauer Heinrich und schleuderten vergnügt die große Milchkanne auf dem Nachhauseweg!

Und wenn der Bäckerwagen draußen hupte, konnten wir Kinder nicht schnell genug laufen, um für die Familie ein großes Röstbrot für 3 Mark und 30 Pfennige zu kaufen, um es dann, weil es so gut roch, an der Kruste schnell ein wenig anzuknabbern. Unsere Mutter sagte dann immer: „Oh, das waren wohl wieder diese Mäuse aus der Backstube!" Auch gab es bei uns in der Siedlung einen kleinen Tante-Emma-Laden, bei dem man auch mal anschreiben konnte. Wir bekamen auch erst Ende der 70er Jahre Telefon und Fernsehen; vorher gingen wir immer zur Telefonzelle „an der Ecke", um Oma und Opa anzurufen.

Hinter unserer Siedlung, die den lieblichen wie ebenso pragmatischen Namen „Südwestfeld" trug, gab es einen Wald mit drei Teichen. Dort fuhren wir im Winter immer Schlittschuh.

An einem kalten Januartag mit minus 20 Grad standen wir Kinder mit unserem Vater und einem Protestschild gegen die geplante A33 an unserer wenig befahrenen Straße. Nach über vierzig Jahren ist sie nun doch gebaut worden, aber dank der Bürgerinitiative, die mein Vater gegründet hatte, wurde für die anliegenden Ortschaften genügend Lärmschutz errichtet.

Meine Oma Hilde war eine patente Frau. Sie hatte schon mit zwölf Jahren in der Landwirtschaft helfen müssen. Nach der Zwangsarbeit im 2. Weltkrieg, welche auch die Frauen verrichten mussten, erwarb sie 1 Hektar * Land, wo sie Geflügel hielt, Kartoffeln und Erdbeeren anbaute. Sie kaufte sich einen großen blauen Ford Transit und fuhr als Eierfrau eine sogenannte Eiertour durch die Siedlungen. Für mich war das spannend, wenn ich mal mitfahren durfte. Eines Tages kam Oma Senne, wie wir sie nannten, mit einem Huhn bei uns an. Sie hatte es auf der Straße aufgelesen, als es von einem Tiertransporter fiel. Da war die Freude bei uns Kindern natürlich groß! Schnell war der Hühnerstall hergerichtet und „Hühnchen", wie wir es liebevoll nannten, wurde schnell zahm, begleitete uns im Garten, schaukelte sogar alleine auf unserer Schaukel und posierte mit uns auf den Familienfotos. Brav legte es jeden Tag sein weißes Ei, bis, ja bis meine resolute Oma beschloss, daß es jetzt zu alt werde und es schlachtete. Das führte bei uns Kindern natürlich zu großer Traurigkeit - Hühnchen war ja schließlich unser Familienmitglied!

Meine Mutter fütterte immer die wildlebenden Katzen, die in den Gärten bei den Komposthaufen herumstromerten mit Leberwurstbroten, lockte sie mit Rufen und Minka, Muschi und Mieze und andere kamen herbeigeeilt, strichen um ihre Beine und miauten. Diese Katzen wurden aber nie zahm und ich sehnte mich sehr nach einem tierischen Gefährten, am liebsten hätte ich ein eigenes Pony! Platz hatten wir ja genug, aber mein Vater mochte leider gar keine Tiere...

Nun sprang mein Opa ein. Eines Tages, als wir gerade von unserem Dänemark-Urlaub zurückkamen, hatte er eine Überraschung für uns parat. In unserem ehemaligen Hühnerstall fanden wir drei Kaninchen vor, für jedes Kind eines. Da war die Freude natürlich groß! Was haben wir nicht alles mit unseren Kaninchen erlebt...

Meine beste Freundin Katrin wohnte gleich nebenan, sie hatte auch Kaninchen und wir kauften uns ein Katzengeschirr für unsere Hoppel, erbettelten uns von unseren Müttern ein 50 Meter langes Gummiband und dann liefen wir unseren Hasen hinterher, die munter durcheinander durch die großen Gärten liefen.

Wenig später bekamen wir dann allerlei gescheckten Nachwuchs...

Endlich erwachsen

Meine große Liebe zu Tieren konnte ich erst verwirklichen, als ich 18 Jahre alt war und von zu Hause auszog. Mit meinem damaligen Freund kam als erstes eine liebe Neufundländerhündin in unser Zuhause, ein Jahr später dann endlich die Ponys, in diesem Falle zwei Islandpferde, für die wir gemeinsam mit meiner rüstigen Oma einen großen Offenstall auf dem 1 Hektar großen Land bauten. Dazu gesellte sich noch unsere erste Katze und ein paar Hühner und Oma baute Gemüse an...

Zu der Zeit studierte ich Sozialpädagogik, da ich durch die jahrelange Zugehörigkeit zu unserem Jugendzentrum geprägt war. Aber meine Seele hielt es in geschlossenen Räumen nicht aus, ich brauchte Natur und Tiere um mich herum, wollte am liebsten Schäferin sein!

Da mein Sohn Lasse in der Zwischenzeit geboren wurde, entschloss ich mich, keine Schäferin, sondern

Landwirtin zu werden. Ich entschied mich auch gegen ein Studium als Agraringenieurin wie geplant, sondern für die Ausbildung als Landwirtin. Da ich alleinerziehend war und ich diese Ausbildung aufgrund meines Abiturs auf zwei Jahre verkürzen konnte, erschien mir diese Lösung als der schnellste Weg, meinen Traum von einem eigenen Bauernhof zu verwirklichen!

Das erste Jahr meiner Ausbildung habe ich auf einem Biolandhof absolviert, ein Familienbetrieb mit 70 Milchkühen und einem Hofladen. Im zweiten Ausbildungsjahr wechselte ich zu einem großen innovativen Biolandbetrieb mit 150 Kühen und 300 Hektar Fläche. Ich erinnere mich, daß ich gemeinsam mit meinem Sohn die gesamten Osterferien auf dem Trecker verbracht habe, um das Grünland zu schleppen und walzen. In den Sommerferien habe ich bei einem Wanderschäfer gearbeitet, welcher eine Herde von 2000 Heidschnucken* besaß. Diese hat er mir sogleich zum Hüten überlassen, während er davonfuhr, um etwas zu erledigen. Zum Glück wußte sein selbständig arbeitender Hütehund, was zu tun war. Nach ein paar Tagen war auch ich soweit eingearbeitet, daß ich mit dem Hütehund zusammenarbeiten konnte. Mein Sohn Lasse war damals fünf Jahre alt und lernte gerade das Fahrradfahren. Wir zelteten bei den Schafen und hüteten tagsüber die Herde auf einem Segelflugplatz in der Senne. So lernte Lasse das Radfahren auf der Landebahn! Nie vergessen werde ich den Anblick, als er sich seinen ersten Bock bei den Hörnern packte! Obwohl mein Sohn von klein auf gerne bei allen Tieren geholfen hat, begeisterte er sich doch mehr für das Treckerfahren und so hat er später dann auch Fahrzeugtechnik studiert.

Meine kleine Farm

Nach meiner Ausbildung kaufte ich mir meine ersten Schafe von einer Schäferin, welche eine große Skuddenherde besaß. Skudden sind eine alte vom Aussterben bedrohte Schafrasse, die kleinste europäische Rasse. Die Muttertiere haben teilweise noch Hörner und die Böcke große schöne Schnecken wie Muffelwild. Für mich sind Skudden die schönsten Schafe dieser Welt und die Lämmer sind winzig klein und entzückend!

Meinen Altdeutschen Hütehund* Lupus besaß ich zu der Zeit auch schon, er ist mit sechs Monaten zu mir gekommen, da ich einfach hartnäckig war und den Schäfer immer wieder anrief. Als er schließlich nachgab, ich könne ja mal vorbeikommen, war es eigentlich schon entschieden. Der Hund sah mich, kam zu mir und legte sich zu meinen Füßen und die Sache war klar. Dem Schäfer zum Glück auch. Er verlor einen sehr guten Hütehund und exzellenten

Wachhund. Lupus verstand mich auch ohne große Worte oder Ausbildung, obwohl er sein Leben bisher nur im Stall verbracht hatte. Oft genügte ein Blick und er wußte genau, was ich meinte. Er hütete mir zuverlässig nicht nur die Schafherde, die später auf 50 Muttertiere und ca. 70 Lämmer anwuchs, sondern er war auch so mutig, daß er es auch mit den Kühen und Ziegen, allesamt mit Hörnern, aufzunehmen wagte. Manchmal trieb er es aber auch einfach zu dolle. Bei einer Spielerei mit meinen Junghengsten verlor er leider zwei Zähne...

Im Winter, wenn die Tiere nur Heu zu fressen bekamen, ging ich gerne mit meiner kleinen Ziegenherde im Wald spazieren, damit sie ein paar Brombeerblätter naschen konnten und Mineralstoffe aufnahmen. Das hat den Ziegen, meinem Hund und mir immer sehr viel Spaß gemacht!

Bevor ich meinen Schraubengehörnten Bulgarischen Langhaarziegenbock besaß, mußte ich mit meinen Ziegen selber zum Bock fahren. Ich packte mir also zwei meiner „Damen" in meinen Kofferraum und band sie mit Halsband und Leine an den Kopfstützen fest. Aber sie benahmen sich sehr damenhaft und standen stolz und aufrecht während der Fahrt hinter mir. Da hielt ein Fahrer neben mir an einer roten Ampel und glaubte wohl seinen Augen nicht zu trauen. Ich habe herzlich gelacht.

Eines Tages fuhr ich ins Sauerland, um dort von einem Züchter, der die seltenen Walliser Schwarzhalsziegen besaß, ein junges Zicklein zu erwerben. Der gute Mann war Pastor und zu dem Zeitpunkt in Bedrängnis, da er eine vier Jahre alte Ziege besaß, die ihr Lamm verloren hatte und er sie jetzt täglich abmelken mußte, damit sie keine Euterentzündung bekam. Zu allem Überfluß mußte er auch noch eine Nachbargemeinde vertreten. So änderte ich kurzerhand meine Pläne und verzichtete auf das Mutterlamm und nahm stattdessen die vierjährige Ziege mit. Dieses Tier war wild, stolz und frei und sollte es auch bleiben. Nur die Frage war, wie melke ich es? Einsperren kam für mich nicht in Frage, bei mir laufen alle Tiere auf den Weiden und im Winter im Auslauf mit einem Offenstall. Also gab ich der schönen Stolzen mental zu verstehen, daß ich sie nicht bedrängen möchte und sie solle doch bitte einfach an einer Stelle stehenbleiben, damit ich sie abmelken kann. Das tat sie dann auch und ich hatte feinste Ziegenmilch und konnte den ganzen Sommer leckeren Frischkäse zubereiten.

Die lieben Kollegen

Schottische Hochlandbullen sind die friedfertigsten Geschöpfe dieser Erde. Mit etwa einer Tonne Gewicht, ihren gewaltigen Hörnern und ihrem langen Fell sehen sie sehr gefährlich aus. Aber alle Züchter schwärmen von ihrer Gutmütigkeit, lassen ihre Kinder und Enkel auf ihnen reiten... Meinen Bullen Hugo habe ich aus einer großen freilebenden Rinderherde aus einem Naturschutzgebiet gekauft, und so zahm war er anfangs gar nicht. Also freundete ich mich mit ihm an, indem ich ihm sein langes zottiges Fell bürstete. Das genoß er so sehr, daß er sich dann immer vor seinen Kühen vordrängelte, wenn er mich kommen sah. Eines Tages wollte ich Hugo die Klauen schneiden. Manche Landwirte machen das mit einer Flex, aber da ich nicht so gerne mit Maschinen arbeite, holte ich einen Stechbeitel und einen großen Hammer sowie meine Hufzange und Hufraspel von den Pferden. Da der Bulle ja nun doppelt so groß war wie meine Kühe, bat ich zwei benachbarte Milchviehbauern, mir zu helfen. Das Ergebnis war, daß die beiden mit großen Augen und zitternden Knien vor dem Zaun standen und mir bei der Arbeit zuschauten, die sich der gutmütige Hugo, ohne daß ich ihn angebunden hätte, gefallen ließ. Nie hat mich ein Tier angegriffen! Dafür bekamen sie meine Liebe und Fürsorge in Form von größtmöglicher Freiheit für ihre ureigenen Bedürfnisse und wenn etwas anstand, habe ich es ihnen dementsprechend erklärt.

Das Seminar

Einmal habe ich ein kleines Wochenendseminar gegeben in Sachen Selbstversorgung. Ich bewirtschaftete einen großen Gemüsegarten, habe immer entweder eine Kuh, ein Schaf oder eine Ziege mit abgemolken, Frischkäse hergestellt, Brot gebacken, Wurst und Fleisch für den Wintervorrat eingelagert sowie eigene Eier von meinen Hühnern gehabt. Oft habe ich nur Klopapier und Seife zugekauft. Zu meinem Seminar hatten sich eine Handvoll Männer angemeldet, darunter ein Lehrer und ein Manager. Nachdem ich den Teilnehmern zwei Tage ganz anschaulich vor Ort die Grundkenntnisse des Gemüseanbaus, der Hühnerhaltung, Schaf-, Ziegen- und Schweinehaltung, das Melken und Käsen sowie das Backen von Brot vermittelt hatte, und sogar noch auf Wunsch mit meinen Pferden demonstrierte wie man vor hundert Jahren einen Acker bewirtschaftete, waren alle hellauf begeistert.

Der Manager wollte Sonntagabend um sechs Uhr dann noch unbedingt einen Eichenpfahl setzen. Also gab ich ihm meinen Spaten, den er „Totmacher" nannte und grub heldenhaft sein 80cm Loch und setzte schwitzend den schweren Eichenpfahl in die Erde. So glücklich und erschöpft, als hätte er einen 10 km Lauf absolviert. Eine kleine Überraschung gab es noch zum Schluß. Der Lehrer weigerte sich zu bezahlen, da er glaubte, er wüsste schon alles. So musste er ein paar Tage später nochmal wieder kommen. Aber im Großen und Ganzen: Ja, es hat Spaß gemacht mit den „Jungs".

Zwei kleine süße Geschenke

Lamas sind wundervolle Geschöpfe Gottes. Sie sind frei und anmutig und nicht zu zähmen. Faszinierend an ihnen ist, daß sie unglaublich neugierig und kommunikativ sind. Sie kommen erst einmal angaloppiert und beschnuppern dich im ganzen Gesicht, aber anfassen lassen wollen sie sich nicht! Es braucht also viel Geduld, um sie an ein Halfter zu gewöhnen, aber hat man diese Hürde erstmal gemeistert, sind diese Tiere wunderbar leicht von jedem Kind an der Leine zu führen und eignen sich sehr gut für Trekkingtouren.

Auch ich begeisterte mich für sie und holte mir aus einem benachbarten Tierpark zwei junge Stuten. Nach ein paar Wochen gab es eine große Überraschung. Erst dachte ich, eines meiner Schafe hätte gelammt, aber dann sah ich, daß es ein schneeweißes kleines Lamafohlen war, das schon putzmunter am Euter seiner Mutter trank! Daß die

Stute tragend gewesen ist, war mir nicht bekannt, auch lief kein Hengst in der Herde mit. Lamas werden auch nicht rossig wie Pferdestuten, sondern bekommen beim Deckakt ihren Eisprung. Auch sieht man einer Lamastute ihre Trächtigkeit nicht an wie bei Kühen oder Schafen.

Kaum hatte ich mich von dem freudigen Ereignis erholt, wartete am nächsten Morgen schon die nächste Überraschung auf mich. Meine große gescheckte Lamastute hatte ein wundervolles pechschwarzes Stutfohlen bekommen. Und ich erkannte sofort meine Lillit in ihr wieder, meine Katze, die mich jahrelang treu begleitet hatte und vor zwei Jahren verstorben war. Wie wundervoll! Lillit sollte sich später mit meiner Islandstute Katla anfreunden, die eigentlich ein Einhorn war, aber dazu später mehr...

Das Naturschutzprojekt

Da ich seit Jahren in der GEH (Gesellschaft zur Erhaltung alter und gefährdeter Haustierrassen) aktiv war, bekam ich auch oft Besuch von Interessierten aus ganz Deutschland. Ein ganzes Dorf hatte sich damals für mich und meine Tiere interessiert, da es sich zum Ziel gesetzt hatte, ein Arche-Dorf zu werden. Es gab einige verschiedene alte Hühner- und Gänserassen sowie Ziegen und Schafe. Das winzige wunderschöne Dorf lag direkt an der Weser bei Petershagen. Außerdem suchten sie für ein 20 Hektar großes Naturschutzgebiet in der Wesermarsch eine/n Beweidungsmanager/in, welche/r mit genügsamen Tieren diese Fläche für Störche und seltene Brutvögel offenhält. Da war mein Interesse natürlich geweckt und ich entschloß mich zu diesem Ortswechsel auch deshalb, da mir einige Zeit vorher eine Bekannte prophezeit hatte, daß ich in eine andere Gegend ziehen werde.

Das konnte ich damals gar nicht glauben. Ich liebte die Senne mit ihrem Sandboden und den Kiefernwäldern, und sie war doch meine Heimat! Aber an der Weser gefiel es mir auch bald sehr gut, ich liebte diese Weite und den vielen Wind und die zauberhaften alten Dörfer rund um Petershagen. Auch regnete es dort viel weniger und wenn, dann nur nachts. So kam es mir jedenfalls vor, wenn man wie ich aus dem verregneten Fuße des Teutoburger Waldes kommt...

Ich brachte etwa 50 Wildschafe, ein paar Ziegen, vier Kühe, fünf Ponys und eine zahme Wollschweinsau namens Euphrosine Meta Kowsnatzki mit. Und natürlich den guten Lupus. Mein Sohn wurde damals zwölf Jahre alt und wechselte auf das Gymnasium Petershagen. Die Menschen rund um Petershagen waren viel offener und lebendiger, als wir es vom Bielefelder Süden gewohnt waren, und wir beide fanden schnell neue gute Kontakte.

Das Naturschutzgebiet in der Wesermarsch war ein ehemaliges Kiesabbaugebiet direkt an der Weser mit vielen Wasserstellen (sogenannten Blänken) zum Rasten von Wasservögeln. Damit diese seltenen Vogelarten dort auch nisten können und auch die vielen Störche im Raum Petershagen Nahrung finden, müssen diese Gebiete offengehalten werden, also beweidet werden.

Als ich mir meinen Tieren dort eintraf, gab es quasi fast nur Weidengehölze, die über zwei Meter hoch waren. In diesem Urwald verbrachte ich jeden Tag Stunden damit, ihn mit meinem Hütehund zu durchqueren und nach meinen Tieren zu schauen. Bewegten sich irgendwo ein paar Zweige und sah ich ein paar Hörner, so wusste ich, daß da meine Schottischen Hochlandkühe waren. Meist waren auch die Ziegen in ihrer Nähe, die diesen Urwald natürlich heiß und innig liebten und fleißig die Baumrinden schälten...

Meine kleine Wildpferdeherde stand oft knietief im Wasser und fraß das dort wachsende Schilfgras. Zwei junge Hengste holte ich von einem Naturschutzprojekt, wo sie wild aufwuchsen und dann in ein Gatter getrieben und herausgefangen wurden. Meine beiden Jungs haben wir gleich auf meinen Pferdehänger geladen und so habe ich die beiden praktisch wild und unberührt von Menschenhand bekommen.

Es ist für mich immer wieder berührend, wenn sich die Pferde freiwillig uns Menschen anschließen, sich vorsichtig streicheln lassen, später dann ein Halfter aufziehen lassen, wenn sie schon mehr Vertrauen haben. In den nächsten Jahren lernen sie dann das 1x1 der Pferdeerziehung: die Hufe aufheben und auskratzen, am Strick führen lassen und eine kleine Weile angebunden stehen können. Und wenn sie dann vierjährig sind, beginnt das eigentliche Anreiten, dann sind sie aber schon gut vorbereitet.

Da ich einen kleinen Hof direkt auf der anderen Seite der Weser gepachtet hatte, die nächste Brücke sehr weit entfernt war und die Fähre nicht täglich übersetzte, bin ich mit einem Kajak über die Weser gepaddelt, was in den Wintermonaten auch nicht ungefährlich war, da der Fluß oft Hochwasser führte. Als das Hochwasser kurz vor Weihnachten einen außergewöhnlich hohen Pegelstand erreichte und die Marsch zu überfluten drohte, musste ich die Tiere mit der gesamten Dorfgemeinschaft aus dem Gebiet retten und zu mir auf den Hof holen.

Wie es das Leben so wollte, lernte ich dort einen Künstler kennen und lieben. Ein Jahr später gab es im Dorf eine romantische Hochzeit. Und neun Monate später kam unsere Tochter zu Hause zur Welt.

Mein eigener Hof

Leider hielt diese Verbindung auch nur ein paar Jahre und nach der Trennung konnte ich dank eines finanziellen Kredites für 40.000 Euro einen kleinen Hof mit Land kaufen. Auch hier hat das Leben mich auf wundersame Weise geführt.

An meinem Geburtstag fuhr ich mit meiner kleinen Tochter über`s Land und ließ mich intuitiv führen. Wir fuhren über die Grenze Nordrhein-Westfalens hinaus nach Niedersachsen zum Großen Moor. Da wurde fühlbar der Himmel weiter und heller und der Wind blies hier noch heftiger. Nachdem wir eine kleine Birkenallee kilometerweit gefahren sind ohne ein Haus oder einen Hof zu sehen, kamen wir an eine verlassene kleine Hofstelle. Ein altes Backsteingebäude um 1900 gebaut, angrenzend ein Kuhstall und eine große Scheune, dahinter ein kleines altes Eichenwäldchen und eine Weide. Im Wald fanden meine Tochter und ich einen Käfig, in dem eine Elster gefangen war. Diese ließen wir natürlich erstmal in ihre Freiheit! Dann schrieb ich einen kleinen Zettel mit der Notiz, daß ich diesen Hof gerne kaufen möchte, steckte ihn in den Briefkasten und fuhr nach Hause.

Ein paar Tage später hatte ich den Schlüssel des Hauses in der Hand!

Tragischerweise war der vorherige Besitzer dieses Hofes, ein Zimmermann, an seiner Alkoholsucht dort gestorben und verblutet. Trotzalledem wußte ich, daß dies mein Hof ist und machte mich an die Arbeit. Ich bestellte eine große Mulde und warf sein gesamtes verschmutztes Hab und Gut dort hinein, bis auf ein paar spirituelle Bücher.

Da aber der Gestank nach Blut in das Mauerwerk gezogen war, habe ich mit Hilfe meines inzwischen 15 Jahre alten Sohnes den gesamten Putz bis auf das Mauerwerk abgeschlagen. Meine Freunde und Bekannte meinten, an dem Haus müsse man 10 – 20

Jahre renovieren und ich entgegnete nur: „Nein, ich will in sechs Wochen einziehen."

So war es dann auch. Ein pensionierter Maurer hatte in den sechs Wochen alle Wände neu verputzt, ein Elektriker hatte die 100 Jahre alten Stromkabel erneuert, ein Nachbar hat mir neue Holzfenster eingebaut und ich habe die Wände mit bunten frischen Kalkkaseinfarben gestrichen, die Deele mit Sumpfkalk verputzt, die alten schönen Holztüren mit Leinöl aufgearbeitet und die alten Holzfußböden repariert.

Und natürlich mußte draußen noch ein Zaun um die Weide gebaut werden. Das hieß, 80cm tiefe Löcher buddeln, um dann 200 schwere Eichenpfähle einzustampfen, die ich zuvor mit meinem Kastenwagen, einem alten Renault Rapid, vom Förster geholt hatte. Mein Sohn hat in seiner Freizeit ungefähr 10 Holztore gebaut und das mit Begeisterung! Er war auch für das Holzhacken und die Öfen zuständig, diesen Arbeitsbereich hatte er schon freiwillig mit zehn Jahren übernommen. Wir hatten drei kleine Öfen im Haus – einen in der Küche, einen im Wohnzimmer, der nur angeheizt wurde, wenn Besuch erwartet wurde, und einen oben in zwei kleinen Dachkammerstuben. Dort hatte mein Sohn sein eigenes Reich und heizte es gerne mal auf 30 Grad warm!

Meine kleine Tochter und ich schliefen in einer kleinen Stube neben der Küche. Das Badezimmer war auch unbeheizt, doch von der Küchenwand etwas „überschlagen" und wenn wir einmal die Woche duschen wollten, haben wir einen Heizlüfter angestellt. Alles eine Frage der Gewohnheit! Mein Sohn fuhr jetzt mit dem Bus zum Gymnasium nach Petershagen und im Sommer auch gerne die 20 km mit dem Rad. Meine Tochter brachte ich vormittags mit dem Fahrrad zum Kindergarten ins Dorf und ich konnte in Ruhe melken, füttern und misten. Es gab auch eine Nachbarin mit einer etwa gleichaltrigen Tochter, die regelmäßig stundenweise als Tagesmutter einsprang. Denn es gab auch Tage, wo Heu geerntet wurde, die Schafherde geschoren wurde oder die Böcke zum Schlachter gefahren wurden.

Was viele Menschen nicht wissen ist die Tatsache, wenn man vom Aussterben bedrohte Nutztiere retten möchte, muß man sie auch aufessen! Natürlich nicht die Mutterschafe und die Mutterkühe, auch nicht den Zuchtbullen oder den Zuchtbock, aber es ist die männliche Nachzucht, welche in der Natur in der freien Wildbahn auch von den Herden ausgestoßen werden, sobald sie die Geschlechtsreife erlangen. Die weiblichen Lämmer hingegen werden an andere Arche-Höfe verkauft.

Ich hatte das Glück, daß es hier noch eine kleine Landschlachterei gab, betrieben nur von Vater und Sohn. Dort konnte ich meine Tiere ohne Stress bis zu ihrem Ende begleiten. In meiner Deele eröffnete ich einen Hofladen, wo ich Rind-und Lammfleisch,

Rindersalami, die bei mir im Gewölbekeller trocknete, sowie Mettwurst, Sülze, Leberwurst und Schinken von meinen Wollschweinen verkaufte. Außerdem hielt ich etwa 20 Hühner, darunter auch die Westfälischen Totleger*, die wild in meinem kleinen Wald wohnten, weil sie nicht im Hühnerstall bleiben wollten und somit in der Dämmerung immer auf die Bäume flogen, um dort zu schlafen. Ihre verschiedenfarbig bunten Eier verkaufte ich auch im Hofladen ebenso wie Kartoffeln, Marmelade, Honig und Schaffelle. Die Wurst und das Fleisch waren eine Delikatesse und bei den Kunden sehr begehrt. Die Tiere liefen frei in Naturschutzgebieten, standen also nicht im Stall, bekamen kein Kraftfutter, bis auf die Wollschweine, die in meinem Eichenwäldchen lebten, bekamen etwas Gerste und Erbsenschrot zugefüttert. Außerdem hatten sie ein doppelt so langes Leben wie auf herkömmlichen Betrieben. Bei mir stand nie! die Wirtschaftlichkeit zur Debatte.

Ich bin mein ganzes Leben lang immer nur meinem Herzen gefolgt.

Viele Jahre später habe ich mal ausgerechnet, daß ich bei meiner 90 Stunden Woche (in die ich die unbezahlte Hausarbeit und Kinderbetreuung miteinbezogen habe), abzüglich der Berufsgenossenschaft, landwirtschaftlichen Alters – und Krankenkasse und die Lohnkosten für den Schlachter auf sage und schreibe 1 Euro Nettolohn pro Stunde gekommen bin! Natürlich gab es kein regelmäßiges Einkommen, abgesehen vom Kindergeld. Wenn ich im Herbst die Bocklämmer geschlachtet habe, bin ich mit hunderten von frischen Lammknackern zum Bauernmarkt nach Windheim gefahren, welcher drei Tage dauerte und 3000 Besucher anlockte. In der Senne habe ich auch schon meine Produkte auf den Bauernmärkten verkauft und es hat mir immer sehr viel Freude bereitet, den Menschen etwas über meine Tiere zu erzählen.

Die Behörden

In den regionalen Zeitungen wurde über meinen Arche-Hof berichtet und zur Eröffnung meines Hofladens bekam ich dann auch unerwarteten Besuch von drei Herren. Sie kamen vom Lebensmittelkontrollamt aus Hannover und sind zu dritt! an einem Samstag! 100km weit angereist. Sie inspizierten meine Kühltruhe mit den Lammkeulen, Steaks und Suppenfleisch, probierten meine Rindersalami und schritten auf und ab, bis sie plötzlich auf ein Marmeladenglas aufmerksam wurden, welches eine Landfrau für mich eingekocht hatte. Sie hatte auf dem Etikett sorgfältig nicht nur alle Zutaten aufgelistet, sondern auch ihren Namen, den Wohnort mit Postleitzahl und Telefonnummer. Aber die Herren monierten, daß hier der Straßenname fehlte. Jetzt hatten sie endlich etwas für`s Protokoll gefunden, hat sich die weite Fahrt doch gelohnt!

Und da beteuert der Landkreis doch immer wieder, er würde innovative JungunternehmerInnen fördern und unterstützen.

Aber nun noch eine lustige Geschichte.

Die Junggesellen

Kurz nach meinem Einzug bekam ich den obligatorischen Besuch von den in der Nachbarschaft wohnenden Junggesellen. Einer dieser Jungs fuhr mit seinem Trecker vor, stieg dann mit nagelneuen Birkenstockschuhen! von seinem Fendt und sagte zu mir : „ ich bin auch ein Öko." Das fand ich sehr witzig und wir hatten daraufhin einen guten nachbarschaftlichen Kontakt.

Von den nächtlichen unerwünschten Besuchern bewahrte mich mein guter wachsamer Lupus.

Mittlerweile war ein Jahr vergangen und wir hatten uns alle ganz gut eingelebt, Bekanntschaften und Freundschaften geschlossen in der Nachbarschaft. Mein Leben war erfüllt und es hätte so weitergehen können, bis ich 80 Jahre alt bin.

Doch immer, wenn`s am Schönsten ist, beginnt etwas Neues.

Sommer 1969

... hoch hinaus!

mit Geschwistern und Freundin im Kaninchenauslauf

Frühstück im Garten
Auf Hansi im Urlaub

Als Punkerin mit selbst-
genähter Tigerhose

Ehrenrunde beim
Islandpferdeturnier

Lasse mit Altdeutschem Hütehund beim Schafe hüten auf dem Senneflugplatz

Lasse auf Lukas

Lamm knabbert am Rock

Hütehund mit Schafen

Skuddenschafe

Ada, ein Schaf, das mitdenkt

48

Lucy, Schottische Hochlandkuh

Mein Hof in Lavelsloh

selbstgebasteltes Hofladenschild

Katla und Lillit

Hochlandkuh Lilly, Thüringer Wald Ziege

sind gute Freundinnen

Euphrosine mit ihren Ferkeln, die gestreift

und Diepholzer Gans

sind wie Frischlinge

49

Die gute Eva mit ihren Welpen

Mein Pippi-Langstrumpf-Pferd

Mit meiner Tochter im Tierpark

Milchschafe Marlene und Maya

Teil II

Mein Leben als Schamanin

Wie alles anfing

Im Jahr 2000 bin ich erwacht. Das hieß, daß ich mich plötzlich für Dinge interessierte, von denen ich zuvor nie etwas gehört hatte. Das war der sogenannte feinstoffliche Bereich, in dem sich Elfen, Feen, Gnome, Trolle und Zwerge aufhalten.

Zwei meiner Freundinnen hatten sich auf diesem Gebiet schon etwas weiter vorgewagt und ich gründete mit ihnen den Senner Hexenkreis und setzte eine kleine Annonce in unsere Dorfzeitung. Daraufhin meldeten sich weitere drei Frauen aus der Umgebung und wir trafen uns wöchentlich in meinem kleinen Kotten.

Wir fühlten uns alle sehr mit der Natur, den Tieren und mit Mutter Erde verbunden und fingen an, die alten Jahreskreisfeste wieder zu feiern. Zum Mittsommerfest am 2.August trugen wir lange rote Röcke, sangen Kraftlieder und führten einen afrikanischen Tanz rund um unser Feuer auf. Wir hatten gelesen, daß die Kirche diese alten heidnischen Feste mit ihren Feiertagen belegt hatte, da die Gebräuche in der Bevölkerung einfach nicht auszurotten waren. So liegt dann auch Christi Geburt auf der Wintersonnenwende und Ostern ersetzt das alte germanische Fest zu Ehren der Frühlingsgöttin Ostara. Zu Samhain* am 1./2. November, welches die Kirche zu Allerheiligen/Allerseelen umgetauft hat, sollen die Schleier zur „Anderswelt" sehr dünn sein, sodaß Kontakte zu den Ahnen und zu Naturgeistern leichter möglich sind. So saßen wir mit unseren „Hexen" die ganze Nacht im Wald, weil wir neugierig waren, ob wir wohl Naturwesen sehen würden. Leider saßen wir diese Nacht umsonst im kalten dunklen Wald. Später auf meinen Wanderungen als Schamanin mußte ich feststellen, daß die Naturwesen nicht mehr überall wohnen. Man merkt es daran, daß bestimmte Plätze im Wald mit urigen Steinen oder knorrigen Bäumen besonders verwunschen sind und es dort friedlich und heiter ist.

Auch die Rauhnächte* feierten wir, räucherten Haus und Stall und stellten traditionell weiße Speisen für die Naturgeister vor die Tür. Ein anderes Mal trafen wir uns, um Runen* aus alten Besenstielen zu schnitzen, um dann mit Hilfe dieses uralten Alphabetes Antworten auf unsere Fragen zu finden.

Ich besaß auch ein Buch der 1000 Antworten, welches man einfach aufschlug, wenn man sich auf eine Frage konzentrierte. Es war immer sehr zutreffend! Auch übten wir uns in Telepathie, d.h. wir dachten an eine Zahl oder eine Farbe und die anderen sollten sie erspüren. Besonders im Zahlenraten lag meine Trefferquote bei 90%.

Maria lud uns alle zu sich nach Hause ein, um eine Collage anzufertigen mit unseren Herzenswünschen für das neue Jahr. Auf Christine´s Collage war sogar ein Schloss zu sehen mit Pferden und der höchst unrealistische Wunsch, es für 300 Euro zu mieten. Ein paar Monate später hat sie tatsächlich einen kleinen Hof für sich und ihre Islandpferde mieten können – für exakt 300 Euro im Monat. Und die Weideflächen für die Pferde waren direkt nebenan an einem Schloss!

Wir waren alle hungrig nach mehr und wußten gar nicht, nach was eigentlich. Das war ja alles so neu und aufregend!

So meldeten wir uns zu einem Reiki-Seminar an, erhielten eine Einweihung, sodaß wir mit dieser Energie heilen konnten. Allerdings habe ich selbst das Handauflegen nicht lange praktiziert, da ich immer sehr starke Kopfschmerzen davon bekam.

Damals wie heute besaß ich keinen Fernseher und die Tageszeitung hatte ich schon gelesen, als ich meinen Kassettenrecorder anschaltete und das Radio anging und die Nachricht verkündete, daß gerade zwei Flugzeuge in die Wolkenkratzer von New York hineingeflogen sind!

So hat sich unsere kleine Hexengruppe abends im Kreis versammelt und hat die neuerworbene Reiki-Energie nach New York zu den Menschen geschickt.

Eine von uns Frauen war Tierheilpraktikerin und praktizierte auch die Tierkommunikation.* Auch hier übten wir uns in mehreren Seminaren, mit den Tieren zu sprechen. Für mich war das zu abstrakt, die Signale der Tiere in Sprache umzuwandeln und da ich immer schon einen sehr innigen Kontakt mit allen meinen ca. 100 Tieren hatte, lebte ich ja tagtäglich die nonverbale Kommunikation von Herz zu Herz.

Die schamanische Reise

Eines wunderschönen Tages meldeten wir uns zu einer schamanischen Reise an. Wir fuhren in ein Nachbardorf zu einer echten Schamanin, die in einem alten verwunschenen Kotten wohnte. Sie war von Beruf Krankenschwester und sehr liebevoll und herzlich. In unserem Vorgespräch wies sie uns darauf hin, daß eine von uns Frauen nicht mit auf die Reise gehen würde. Ich nahm natürlich an, es sei Imke oder Christine, aber doch nicht ich. Aber es war tatsächlich so. Während Claudia die Trommel schlug und in die Unterwelt reiste zu unseren Krafttieren, tobte draußen plötzlich ein Unwetter. Meine Freundinnen hatten auf der Reise ihre Krafttiere getroffen und Claudia brachte mir meines freundlicherweise mit. Es war ein Eisbär mit einem kleinen Vogel auf der Schulter. Noch ganz wackelig auf den Beinen tanzte ich meinen ersten „Eisbärtanz".

Die erste Schwitzhütte

Irgendwann hörte ich dann, daß im Kulturzentrum indianische Schwitzhütten zu Vollmond stattfinden. Ich fühlte mich davon magisch angezogen und gleichzeitig hatte ich Angst davor! Ich sammelte all meinen Mut, packte mir das Auto voll mit morschen alten Eichenpfählen, die als Feuerholz dienen sollten und fuhr los.

Unterwegs geriet ich in einen dichten Nebel, sodaß ich mehrmals am Kulturzentrum vorbeifuhr. Dort endlich eingetroffen, ging es erstmal in den Wald mit Axt und Säge, um noch morsche Bäume für das Feuer zu holen. Zu meiner Überraschung wurde ich freudig begrüßt, mit den Worten; „Da bist du ja endlich!" Wir fielen uns in die Arme wie Schwestern, dabei hatten wir uns zuvor noch nie gesehen. Den ganzen Nachmittag hielten wir uns an den Händen wie kleine Mädchen und schauten uns freudig und voller Liebe in die Augen.

Mittlerweile hatten wir das große Feuer angezündet und einen Feuerhüter gewählt. Wir trugen noch 44 Feldsteine zusammen, wobei wir für jeden Stein ein Gebet sprachen. „Diesen Stein lege ich für Frieden auf der Erde. Diesen Stein lege ich für Versöhnung unter den Menschen. Diesen Stein lege ich für Heilung. Usw."

Mit Schubkarren schleppten wir Felle und alte Decken heran, um das kleine Weidengerüst abzudecken, welches symbolisch die Gebärmutter der Erde darstellt, in die wir Menschen hineinkriechen, um uns zu läutern, um wieder neu geboren zu werden! Und was das für eine Geburt war! Aber dazu später mehr. Erstmal fing ich an zu meckern, warum wir denn so verrückt wären, uns mitten im Winter nackt auf die kalte Erde zu setzen; wir bekämen doch alle eine Blasenentzündung! Und außerdem passte es mir damals nicht, daß unter den etwa 20 Teilnehmern auch etliche Männer waren. Aber ich mußte später zum Glück feststellen, daß diese Männer ganz anders waren als ich sie gewohnt war; sie waren alle wie Brüder!

Die Leiterin dieser Schwitzhüttenzeremonie war eine Schamanin und sie begann laut die Elemente anzurufen. Im Osten die Windgeister, im Süden die Feuergeister, im Westen die Wassergeister und im Norden die Erdgeister. Wir beteten zum Großen Geheimnis, also zum Vater im Himmel und zu Mutter Erde.

Nun schlüpften wir alle nackig im Uhrzeigersinn in die Schwitzhütte, nicht ohne vorher auf die Erde zu klopfen und zu sprechen: „Für alle meine Ahnen, die mich lieben, betrete ich diese Hütte." Als alle an ihrem Platz saßen, wurden die ersten heißen Steine, welche im Feuer erhitzt worden waren, in die Mitte in eine kleine Kuhle gelegt und der Eingang verschlossen. Die Schamanin begann mit der Zeremonie, indem sie Salbei und Beifuß auf die Steine streute und wir mit einem Lied die Steine, welche den heißen Samen der Sonne verkörperten, willkommen hießen. Es war stockdunkel und gemütlich in der winzigen Hütte und langsam wurde es zunehmend wärmer, da die Steine alle paar Minuten mit Wasser übergossen wurden. Es war wie nach Hause kommen!

Wir begannen mit der ersten Runde und sprachen laut aus, was uns das Herz schwer machte, was wir abgeben und loslassen wollten. Alte Gewohnheiten, Beziehungen beenden, Schmerzen loslassen, alte Wunden heilen usw. Das war ein Ächzen, Stöhnen, Schreien, Klagen, während es immer heißer wurde. Endlich war die erste Runde vorüber, der Vorhang am Eingang wurde hochgeklappt und wir konnten frische Luft schnappen und Wasser trinken. Nach einer kurzen Pause brachte der Feuerhüter neue heiße Steine in die Hütte.

In der zweiten Runde riefen wir das Große Geheimnis an und durften für uns selbst bitten, um unsere Wünsche im Leben. Auch hier wurde aus dem Herzen gesprochen, und um unser Mitgefühl mit jemandem auszudrücken, sprachen wir ein kurzes „Aho". In der dritten Runde beteten wir für andere; für Freunde, Verwandte und auch für die gesamte Menschheit. Zwischendurch sangen wir immer wieder Kraftlieder, z.B. dieses:

Ich bin ein Kind von Sonne, Mond und Sterne
Ich bin ein Kind des Himmels und der Erde
Ich bin ein Kind des Lichtes und der Liebe
und ich werde werde werde was ich bin!

In der letzten Runde schwitzen dann unsere Ahnen und wir müssen die Hütte verlassen. In meiner allererste Schwitzhütte hatte ich wirklich das Gefühl zu sterben. Schon nach der zweiten Runde mußte ich nach draußen und habe mich – nackt natürlich – auf die eiskalte winterliche Erde gelegt. Es war mir unmöglich, aufzustehen! Da rief mich die Schamanin wieder herein und ich spürte plötzlich eine Energie durch meine Wirbelsäule schießen, die mich wie eine Marionette wieder aufrichtete und in die Hütte zurück kriechen ließ. Später sagte mir die

Schamanin, das wäre die heißeste Schwitzhütte gewesen, die sie je erlebt hatte und ich hätte ausgerechnet noch am heißesten Platz gesessen! Die darauffolgenden Schwitzhütten in den nächsten Jahren waren dann leichter für mich und einfach wundervoll! Selbst in der Schwangerschaft mit meiner Tochter habe ich mit zwei ebenfalls schwangeren Freundinnen die Schwitzhütte besucht. Dort durfte ich dann auch „sehen", woher der Vater meiner Tochter und ich uns kannten und hatte Einblicke in unser früheres Leben und konnte die damalige Situation besser verstehen.

Mein damaliger Mann und ich waren sehr verschieden und doch liebten wir uns und wollten unsere Ehe retten. Wir gingen zusammen zu einer Paartherapie bei einer Heilpraktikerin, welche auch die Familienaufstellung nach Bert Hellinger* praktizierte. Dort wurde deutlich, daß seine Mutter und nicht seine Frau den ersten Platz in seinem Leben einräumt und diese Tatsache belastete unsere

Ehe. Da er sich weigerte, sich emotional von seiner Mutter zu lösen und sie auf ihren angestammten Platz als Mutter zu verweisen, traf ich schließlich die Entscheidung, daß diese Ehe für mich so keinen Bestand hat.

Leider mußte ich im Laufe der Jahre auch im Bekanntschaftskreis immer wieder feststellen, daß sehr viele Männer -unbewußt- noch mit ihrer Mutter verheiratet sind! Jammerschade! Sie werden nie erwachsen und ihre Frauen sind unglücklich, weil er entweder immer der kleine brave Junge bleibt oder sich zum Despoten und Gewalttäter verwandelt.

Erdheilungsmeditation

Nun lebte ich mittlerweile mit meinen Kindern und den Tieren auf meinem Hof in Niedersachsen. Im Nachbardorf wohnte eine interessante Frau in einem uralten Niedersachsenlanghaus, welches sie selbst renoviert hatte.

Sie heizte mit drei großen Lehmöfen und hatte einen riesigen verwunschenen Garten mit vielen Kräutern und Hühnern. Außerdem betrieb sie einen kleinen Bioladen mitten auf dem platten Land und spielte Harfe.

Bei ihr fand einmal im Monat zu Vollmond eine Erdheilungsmeditation statt. Wir saßen in der Deele auf Schaffellen am gemütlichen Lehmofen und beteten gemeinsam für die Heilung unserer Erde.

In einer dieser Meditationen sah ich mich mit langen roten Haaren wie eine Wikingerin über die Gebirgskämme laufen und allen Schmutz mit einem Besen abfegen.

Da ich sehr schnell und wohl auch etwas unordentlich arbeitete, folgte mir Idefix, ein kleiner weißer Hund, der hinter mir herlief und den Rest säuberte.

Mein erstes Channeling*

An einem Sonntag fragte mich meine Freundin, ob ich nicht mitfahren wolle nach Bremen. Der 5. Platz im Auto sei noch frei. Na klar! Unterwegs auf der Fahrt fragte ich, was wir denn in Bremen überhaupt wollten. Wir fahren zu einem Channeling, war die Antwort. Channeling? Was ist das? Noch nie gehört. Nachdem ich halbwegs verstanden hatte, daß es sich um Botschaften aus der Geistigen Welt handelt, war ich kurz darauf wieder überrascht, da ich auch vorher noch nie etwas von Kryon gehört hatte. Ich kannte Engel, auch Erzengel Michael und die Aufgestiegenen Meister, darunter natürlich auch meinen Lieblingsmeister Saint Germain. Kryon ist eine Gruppenseele, welche die Menschheit beim Aufstieg der Erde unterstützt. Dieser Aufstieg sollte 2012 stattfinden und ich habe später hunderte gechannelte Bücher dazu gelesen. Danach lebten wir in der fünften Dimension, in die wir aufsteigen und würden

1000 Jahre in Frieden und Liebe in einem verjüngten Körper leben. Was haben wir nicht alles transformiert, um dieses Ziel zu erreichen!

In diesem Channeling von Barbara Bessen saß eine ältere Dame neben mir. Da sie sehr durstig war, bot ich ihr eine Tasse meines Tees an, in den ich einen Schuß frische Schafmilch von meinem morgendlichen Melken getan hatte. Nachdem sie probiert hatte, sagte sie, das Schaf sei sehr jung und sehr wild. Das traf überraschenderweise zu! Gerade an diesem Morgen brauchte ich einige Überredungskünste, bis Marlene freiwillig stehenblieb und sich melken ließ.

In der Pause sah ich plötzlich jemanden und mein Herz setzte aus und mir traten die Tränen in die Augen. Ich wußte, sie war eine alte Bekanntschaft aus Atlantis!*

Wir umarmten uns innig und sprachen kein Wort miteinander, das war überflüssig.

Barbara Bessen channelte auch Maria Magdalena und bei mir sind viele Tränen geflossen.

Ein Jahr später fuhr ich dann mit meiner Freundin nach Hamburg, wo ein dreitägiger Kryonkongress stattfand, den etwa 3000 Menschen besuchten. Es waren sehr bewegende Tage.

Das alte Selbst stirbt

Mein Hohes Selbst machte mich nun immer wieder darauf aufmerksam, daß ich meinen Hof und meine Landwirtschaft aufgeben sollte. Wie? Wieso? Das kann doch gar nicht sein! Ich mache doch meine Landwirtschaft, bis ich achtzig bin. Dann bekam ich aber so eindringliche Hinweise und Träume, daß ich mich schließlich bereit erklärte, alles loszulassen. Und dann? fragte ich mein Hohes Selbst. „Geh` zum Singen in die Berge." hieß es da. Hä? Hatte ich mich verhört? Ich soll singen? Und Berge habe ich noch nie gemocht.

Der Verstand sträubte sich noch eine Weile, wie immer bei allen Veränderungen, die das Ego nicht mag. Aber ich wollte mich der göttlichen Weisheit beugen und dem Ruf meiner Seele folgen! Also mistete ich erstmal gründlich aus, verbrannte bergeweise Aktenordner und zum Schluß sogar noch mein Brautkleid. Ich nahm an, es sei aus Baumwolle, was leider nicht der Fall war, denn es gab eine schwarze Rauchwolke, die bis zur Straße zu sehen war. Oh weia!

Meine geliebten Tiere verkaufte ich bis auf zwei Ponys, meine Lamastute Lillit und zwei Milchschafe. Da ich ja jetzt auch keinen Hütehund mehr brauchte, kam eine junge Neufundländerhündin zu mir. Mein Leben lang hatte ich mir einen braunen Neufundländerrüden gewünscht. Jetzt schenkte mir das Leben eine schwarze Hündin! Und dann sollte sie auch noch Eva heißen! Den Namen hätte ich mir nie selbst ausgedacht! Aber er paßte wunderbar zu dieser gutmütigen gelassenen treuen Begleiterin.

Neugeburt

Das Jahr 2007 war ein sehr magisches Jahr. Nachdem ich JA dazu gesagt hatte, mein altes ICH sterben zu lassen, gab es eine wundervolle Neugeburt. Erst bekam ich einen neuen Namen. Dabei war ich vollkommen ahnungslos.

Ich saß auf der Treppe vor meinem Haus und las ein Buch von SOLARA mit dem Titel 11.11; das werden einige Leser sicher kennen. Und mittendrin trudelte plötzlich vom Himmel ein Name herab. Ich hatte einige Mühe, ihn zu verstehen und schrieb ihn auf. ANU NUT TA MARI. Fremdartig und neu klang das für mich.

Als ich später meinen Freunden davon berichtete, waren sie alle hellauf begeistert und nannten mich ab da nur noch ANU. Ich habe Jahre gebraucht, um die Bedeutung dieses Namens zu entschlüsseln und nochmals viele Jahre, um in ihn hereinzuwachsen und ihn auszufüllen.

Ich versuche hier mal eine Kurzbeschreibung zu geben: der Wortlaut ANU ist eine alte Muttergöttin, die überall auf der Erde in vielen Sprachen zu finden ist. Die Wortsilbe NUT ist der alte Name der Himmelsgöttin. Die Silbe TA bedeutet „Klang der Schöpfung" und MARI steht für das Meer, das Fließende, aber auch für Mütterlichkeit.

Zwillingsflammen*

Nun hatte ich plötzlich einen neuen Namen, aber es wartete noch eine Überraschung auf mich. Die größte Überraschung meines Lebens! Ich sollte auf meine Dualseele treffen. Nur wußte ich wieder einmal nicht, was das war!

Nun, meine Freundin Gertraude, die ja auch Harfenistin ist, lud mich ein, mit ihr auf ein Obertonkonzert zu gehen. Auch hier war ich wieder einmal unwissend.

Obertöne sind Töne, die oberhalb der eigentlichen Stimmlage liegen und es gibt Techniken, diesen Gesang zu erlernen. Auch Jodeln ist ein Obertongesang und in der Mongolei ist es uraltes Kulturgut.

Spontan, offen und neugierig fuhr ich also mit Gertaude zu einem alten Steinbruch, in dem Dinosaurierspuren gefunden worden waren und in dem eine wundervolle Akustik herrschte. Es war eine kleine feine Veranstaltung in der Musikszene und es gab neben der Bühne auch ein paar kleine Zelte mit Tee und Falaffeln.

Kaum daß wir auf den Holzstühlen Platz genommen hatten, wurde ich auf einen Mann aufmerksam, welcher ein paar Reihen entfernt saß. Ich fand ihn weder attraktiv noch sonst irgendwie anziehend, aber eigenartigerweise zog es mein Körperbewußtsein zu ihm hin. Erst dachte ich noch, ich kann ja meine Freundin hier nicht alleine sitzen lassen, aber dann folgte ich einfach meinem Körperimpuls und setzte mich neben ihn.

Was dann passierte, war äußerst merkwürdig, denn es kam mir so vor, als wäre sein Körper auch mein Körper und ich fühlte eine so starke überirdische Liebe, wie ich sie noch nie zuvor zu einem Menschen empfunden hatte. Sie war auch ganz anders als die tiefe mütterliche Liebe zu den eigenen Kindern und vollkommen anders als die Liebe, welche mit sexueller Anziehungskraft verbunden ist. Diese war nämlich gar nicht vorhanden! Es war eher eine brüderlich – schwesterliche Liebe, bloß noch viel viel tiefer, bedingungslos und ewig.

Kurz danach war schon Pause und ich holte mir aus einem Zelt eine Tasse Tee. Als ich wieder heraustrat, sah ich plötzlich diesen Mann auf der Bühne stehen! Und ich sah ihn nicht nur, nein, ich h ö r t e ihn! Wie er der den mongolischen Kargyraa sang, einen tiefen Kehlkopfgesang, den Kamelgesang.

Ich zitterte am ganzen Körper und klammerte mich an eine Zeltstange. Denken konnte ich nicht mehr. Als er von der Bühne direkt auf mich zu kam, fragte ich ihn nur ziemlich dumm: „Wie machst du das?" In unserem weiteren Gespräch stellte sich heraus, daß auch er einen russischen Vornamen hat und seine Eltern denselben russischen Klassiker gelesen hatten. Außerdem ist er in seiner Jugend Punker gewesen so wie ich damals auch, hat eine Ausbildung zum Landwirt absolviert und ebenso wie ich als Schäfer gearbeitet. Ist es denn zu fassen? Dieser Mann war ja das perfekte Ebenbild! Nur leider hatte er zwei Wochen zuvor geheiratet und seine Frau, die ich später auch kennenlernte, war für mich wie eine Schwester, doch sie war eifersüchtig auf diese Liebe und Verbundenheit, was ich sehr gut verstehen konnte.

Um Mitternacht traten dann die Mongolen auf, mit Geigen, Oboe und Kontrabass und dem wundervollen mongolischen Kehlgesang. Ich hörte die Pferde in der Steppe galoppieren, das Wiehern, die rauhen Stimmen der Männer und mußte weinen weinen weinen – ich wollte wieder nach Hause!

Als wir dann spät in der Nacht den Berg hinunter durch den dunklen Wald kletterten, funkelten überall die Glühwürmchen; was für eine romantische unvergeßliche Nacht!

Einige Zeit später fand dann ein Obertonworkshop in einem kleinen Seminarhaus statt, den meine Dualseele leitete. Zwei meiner Freundinnen meldeten sich ebenfalls an. Wir waren ca. 13 Leute und wir sangen fast drei Tage non – stop durch, was zur Folge hatte, daß sich ein übernatürlicher Frieden und eine Liebe verbreitete, sodaß wir fast gar nicht miteinander sprachen, sondern uns nur anlächelten und umarmten. Man konnte diese Liebe und diesen Frieden förmlich einatmen, so dicht war die Luft! Am letzten Abend waren wir so glückselig, daß wir alle übereinanderpurzelten wie kleine Kinder und uns kaputtlachten. Dieses Gefühl werde ich nie vergessen, es war wie im Himmel!

Es spukt im Haus

Komische Dinge geschahen im Haus. Mein Telefon funktionierte tagelang nicht, es konnte mich niemand erreichen und auch nicht auf den Anrufbeantworter sprechen. Aber nahm ich den Hörer ab, war plötzlich meine Freundin dran, ohne daß es geklingelt hätte! Dieses Phänomen trat mehrmals auf und erst nahm ich an, daß der riesige grüne Grashüpfer etwas damit zu tun hatte, der es sich ein paar Tage auf meinem Anrufbeantworter gemütlich gemacht hatte. Merkwürdig war auch, daß gegen Mitternacht immer das Licht im Badezimmer anging. Und am Nikolausabend gab es auf dem Dachboden ein großes Gepolter – das konnte kein Marder sein!

Ein alter Freund des verstorbenen Hofbesitzers erzählte mir dann, daß jedes Jahr zum Nikolaus immer alle Zimmermannsleute zum Essen und Trinken eingeladen wurden. Aha? Langsam dämmerte es mir, daß diese arme Seele sich noch nicht von dem Hof trennen konnte und in der Zwischenwelt festsaß.

Meine gute Freundin Gertraude, die schon etliche Seelen auf ihrem alten Anwesen ins Licht geschickt hat, riet mir, dies auch zu tun. Ich? Alleine? Aber wie? Ich hatte schon etwas Angst davor, vor allen Dingen, wenn es nachts stattfinden würde.

Es war dann aber zum Glück helllichter Mittag, als ich ganz deutlich den Impuls bekam. Ich entzündete draußen an meiner Feuerstelle ein kleines Feuer, räucherte mit etwas Salbei und rief die Elemente herbei sowie Erzengel Michael, den ich bat, für den Verstorbenen eine Lichtsäule zu errichten, damit er nach Hause findet. Ich bedankte mich bei dem guten Zimmermann für seinen Hof, den ich nun bewohnen durfte und fragte ihn, da er mich ja nun oft genug auf sich aufmerksam gemacht hatte, ob er denn nun bereit sei, den Hof loszulassen und weiterzugehen.

Und wie sehr er das wollte! Ich spürte eine so große Liebe, die mich überflutete, daß mir die Tränen kamen.

Kurz danach mußte ich laut lachen und tanzte vergnügt wie ein Rumpelstilzchen um das Feuer und sang: „Der Hof ist nun ganz mein, der Hof ist nun ganz mein..."

Der Verkauf des Hofes

Mittlerweile kamen jede Woche viele „Schauleute",
um sich meinen Hof anzuschauen. An einem Kauf
waren nur wenige wirklich interessiert, denn die
meisten von ihnen wollten nur von einem eigenen Hof
träumen, aber ihren Traum in die Realität
umzusetzen, das wagten nur wenige. Leider mußte
ich in meinem Leben immer wieder diese
schmerzliche Erfahrung machen, daß die meisten
Menschen nicht hielten, was sie versprachen. Und
über mich wunderten sie sich, daß ich alles, was ich
sagte, einfach in die Tat umsetzte. Ich hingegen fand
das normal.

Es war nun schon über ein Jahr her, daß ich den
Entschluß gefaßt hatte, meinem Hohen Selbst zu
folgen und alles loszulassen. Den Hofladen hatte ich
geschlossen, die Schafherde und die Kühe verkauft
und nur noch ein paar Tiergefährten behalten. Ich
hatte kein Holz mehr für den Winter bestellt, keine

Einnahmen mehr, die Rechnungen stapelten sich auf meinem Schreibtisch und kein potentieller Käufer weit und breit! Und dennoch wartete ich ganz ruhig ab und vertraute voll und ganz meiner göttlichen Führung.

Da starb meine alte Lieblingsziege Karamelle, die ich damals vom Wanderschäfer als Lohn erhalten hatte. Beim Begräbnis in meinem Wäldchen war plötzlich meine Oma Senne anwesend; ich konnte sie ganz deutlich wahrnehmen. Sie war es, die meinen Hof noch festhalten wollte! Sie selbst hatte damals nach dem Krieg vergeblich versucht, sich einen Hof auf ihrem Land aufzubauen, ist aber immer an den Behörden gescheitert, die ihr eine Baugenehmigung versagten. Nun konnte ich mit ihr sprechen und sie konnte in dieser Angelegenheit ihren Frieden finden.

Kurze Zeit später hatte ich meinen Hof verkauft. Meine Tochter würde jetzt in der Woche bei ihrem Vater leben und die Wochenenden bei mir verbringen. Mein Sohn war mittlerweile erwachsen und konnte ebenfalls noch das letzte Schuljahr bis zum Abitur bei meinem Exmann mit im Haus leben.

Im Extertal

Kurze Zeit später fand ich eine Zeitung aus dem Lipperland. Und in den Kleinanzeigen fand ich dann mein Haus im Extertal, welches ich mieten konnte. So packte ich meine Islandstute Katla und Lillebror, das Shetlandpony meiner Tochter, meine Lamastute Lillit, Marlene und Maya, meine beiden Milchschafe und meine gute treue Neufundländerhündin Eva alle in meinen alten Pferdehänger und zog ins schöne Extertal.

Meine neue Nachbarin war Friseurin, Reiki-Meisterin und ging regelmäßig zu schamanischen Trommelabenden. Eine andere meiner neuen Freundinnen wohnte in einem kleinen Hexenhäuschen am Bach und war Kindergärtnerin und Heilpraktikerin, Musikerin und Clownin. Und natürlich Mutter zweier wunderbarer Töchter und schon Großmutter.

Es gab viele spirituelle Menschen im Extertal und es war eine spannende Zeit.

Ich hatte mein Geld von der Bank abgeholt und die 500 Euro-Scheine in einem großen alten Koffer aufbewahrt und fühlte mich herrlich frei wie Pippi Langstrumpf!
Da wir ja 2008 die Finanzkrise hatten und alle dachten, wir stünden kurz vor einer Geldentwertung, wollten es alle vorher noch schnell ausgeben.

Und ich hatte eine Vision. Mein Traum war es, ein Dorf zu gründen. Ein autarkes Dorf, ein Dorf der bedingungslosen Liebe. Wo jeder das tut, worin seine Begabung liegt und was ihm Freude macht. Das kann Brot backen, Käse herstellen, Ziegen melken, Gemüse anbauen, mit Pferden ackern oder spinnen, weben, nähen oder sonstwas sein. So könnten wir alle in Frieden und Liebe und Freude miteinander und mit der Natur und unseren Tieren leben. Diese Vision wurde hier im Extertal konkreter und ich erhielt den Hinweis, daß es nach Siebenbürgen in Rumänien gehen sollte. Alle waren hellauf begeistert und ich kaufte vier Kaltblutpferde und einen Planwagen. Außerdem noch große Wasserkanister, zwei Säcke Dinkelgetreide, Salz und Zucker, Tee und allerlei andere Vorräte. Auch einen Tarnanzug und einen Bolzenschneider sollte ich kaufen! Sehr abenteuerlich!

Aber dann hatten alle anderen bis auf eine mutige Freundin plötzlich irgendwelche Ausreden und sie hatten auch nicht so wie ich ihr ganzes Geld ausgegeben...

Der Winter

Meine innere Stimme rief mich wieder nach Niedersachsen und führte mich zu einer kleinen Holzhütte direkt am Moor, welche ich günstig mieten konnte. Direkt dahinter gab es ein großes Waldgrundstück mit einem Offenstall, wo meine Tiere ihr Zuhause fanden. Mit den letzten 500 Euro konnte ich geradeso die Spritkosten und den Transport der 50 Silageballen* bezahlen.

Es war Oktober und in diesem Wochenendgebiet waren die Wasserleitungen nur 50cm tief in der Erde verlegt. Ich nahm an, daß es wieder ein milder Winter werden würde, wie die vielen Jahre zuvor auch. Da hatte ich mich aber getäuscht!

Am 12. Dezember 2009 begann es zu schneien und wir bekamen Frost bis -20 Grad. Und diese Wetterlage sollte bis zum 12.März anhalten!

Oh Gott, was mache ich jetzt? Ich hatte vier Kaltblutpferde, zwei Ponys, ein Lama, zwei Schafe und einen großen Hund zu tränken...

Da ich selbst keinen Rat wußte, breitete ich meine Arme gen Himmel aus und bat Gott um eine Lösung. Und die kam prompt! Der Pool! Auf meinem Grundstück befand sich nämlich ein kleines Schwimmbecken aus den 50er Jahren und das war natürlich auch zugefroren! Ich holte meinen großen Vorschlaghammer und schlug ein Loch in die Eisdecke, gerade groß genug, um mit zwei Eimern das Wasser jeden Tag stundenlang zu den Tieren zu tragen. Aber ich war glücklich!

Geduscht oder gebadet habe ich diesen Winter nicht, sondern mich nur mit einem Waschlappen mit Salz gewaschen. Meine Wasserkanister kamen auch zum Einsatz sowie die 50kg Getreidesäcke. Eine Freundin lieh mir eine Getreidemühle und ich habe den ganzen Winter über von Dinkelbrötchen gelebt.

Einmal in der Woche ging ich zu Fuß mit einem Schlitten, vollgepackt mit schmutziger Wäsche, zu einer lieben türkischen Freundin mit drei Kindern, wo wir einen langen Abend zusammen kochten und viel Spaß miteinander hatten. Wenn ich mich dann weit nach Mitternacht auf den Nachhauseweg machte, mit meinem Schlitten, jetzt bepackt mit sauberer Wäsche – und meiner treuen Neufundländerhündin Eva, die neben mir munter durch den Schnee stapfte, welcher im Mondlicht glitzerte und über uns der Sternenhimmel leuchtete und vollkommene Stille uns umgab, da war ich sehr glücklich und fühlte mich mit der ganzen wundervollen Schöpfung verbunden!

Natürlich gab es auch Ärgernisse. Der Ofen zum Beispiel. Die kleine Holzhütte besaß einen Gasaußenwandofen und da es schon ein älteres Model war, wollte er nicht so recht anspringen. Einmal hatte ich Besuch von meiner Freundin Else und wir probierten es mit Energieübertragung und allerlei Überredungskünsten, bis sie schließlich zu später Stunde entnervt mit ihrem Fuß dagegentrat.

Da   sprang   er   an! Trotzdem gab es manche Abende, an denen ich nicht wußte, ob ich morgens noch lebendig wieder wach werde; wir hatten nachts schließlich minus 20 Grad.

Eine meiner Freundinnen war Tierheilpraktikerin und ich schlug ihr vor, doch noch eine Geistheiler-Ausbildung zu machen. Mich interessierte das nicht so sehr, ich wollte sie aber begleiten, da ich den Geistheiler kannte. Kaum daß wir die Wohnung betreten hatten, wo schon etwa zwanzig Menschen versammelt waren, mußte ich sofort auf der Toilette verschwinden. Ganz bleich im Gesicht nahm ich den Platz an der Tür ein. Hier waren alles Menschen, die schon eine Heilpraktiker- bzw. Heilerausbildung besaßen. Ich hatte immer zu meinen Freundinnen gesagt: „Seid ihr mal alle Heilerinnen, ich bleibe Landwirtin." Da hatte ich mich wohl getäuscht. An diesem Abend w u s s t e ich, das ich eine Schamanin bin. Oh weia. Zuhause habe ich dann drei Tage und drei Nächte mehr oder weniger auf der Toilette verbracht. Zum Glück konnte ich zwischendurch meine lieben Tiere noch versorgen.

Wenn ich nicht gerade stundenlang Wasser schleppte oder Schubkarren voll Mist fuhr oder Heu fütterte, ging ich liebend gern im Moor spazieren. Ich liebe diese weite Landschaft, den Wind und die schnell dahinziehenden Wolken. Man kann stundenlang geradeaus laufen und begegnet keiner Menschenseele.

Da kamen plötzlich diese Gesänge. Ich sang Lieder in einer vollkommen fremden Sprache, die ich nicht verstand. Es fühlte sich sehr kraftvoll an. Damals wusste ich noch nicht, daß dies mein altes schamanisches Erbe war und daß ich auch nicht zum ersten Mal Schamanin bin. Kurze Zeit später bekam ich dann auch meine erste Trommel, es war eine ganz einfache

Turnhallentrommel, aber zusammen mit den Gesängen hatte sie viel Kraft!

Eines Tages war ich mit meinem alten schwarzen Fahrrad unterwegs und bemerkte einen jungen Bussard auf einem zugefrorenen Feld, der nach Mäusen Ausschau hielt. Er war aber schon sehr schwach und ich hatte Sorge, daß er den Winter nicht überleben würde. Also ging ich zu meiner Nachbarin, um von ihr aus die Vogelauffangstation anzurufen. Diese fühlte sich aber nicht zuständig, da der Vogel sich ca. 1000 Meter entfernt von der Nordrhein-Westfälischen Grenze aufhielt! Ich schnappte mir einen großen Karton und meine Arbeitshandschuhe und fuhr mit meiner mutigen Nachbarin in ihrem Auto los. Als wir eine Viertelstunde später eintrafen, war der kleine Bussard schon tot. Überfahren worden auf einer wenig befahrenen kleinen Landstaße, in einer Gegend, wo man soo weit gucken kann, daß man schon sieht, wer am Nachmittag zum Kaffee kommt. Wir beide waren sehr traurig und nahmen das noch warme Tier mit. Wir wollten es am Waldrand für die ebenfalls hungernden Füchse hinlegen. Ein Begräbnis kam ja auch nicht in Betracht, da der Boden mittlerweile tief gefroren war. Als ich den Vogel vorsichtig ablegte, bekam ich plötzlich die leise Aufforderung, mir eine Flugschwinge nehmen zu dürfen.

Ich zögerte erst, doch dann nahm ich das Geschenk dankbar an. Später habe ich jahrelang diese Federn beim Räuchern für meine Erdheilungszeremonien genutzt.

Die Instrumente

Aber das Leben hatte noch mehr Geschenke für mich bereitgehalten. Eine Geige kam zu mir und ich war sehr überrascht, da ich doch keine Geige spielen konnte. Zuerst dachte ich, ich müsste Unterricht nehmen, aber dann fand ich heraus, daß die Geige von mir gezupft werden wollte. Dazu sang ich diese kraftvollen Gesänge, die einfach so durch mich durchkamen. Aber wozu diente das alles? Das sollte ich schon bald erfahren.

Meine Freundin Else züchtete auch Trakehner und fragte mich, ob ich sie zur Fohlenschau auf einem kleinen Schloß begleiten wollte. Als Ponyliebhaberin interessierte ich mich gar nicht für die hochgezüchteten Großpferde und schon bald spazierte ich auf dem Gelände herum, in der Hand meinen Geigenkoffer. Mein Hohes Selbst hatte mir morgens zu verstehen gegeben, daß ich ihn mitnehmen sollte.

Es gab auch eine kleine Kapelle auf der Schloßanlage und als ich neugierig meinen Kopf hineinsteckte, meinten zwei Frauen zu mir: „Ah, schön, daß sie da sind. Sie wollen sicherlich zur Andacht gleich etwas spielen." Erschrocken stotterte ich etwas Unverständliches, gleichzeitig wurde mir bewusst, daß ich genau das tun solle, also sagte ich JA. Während der Andacht spielte und sang ich immer dann, wenn sie mir ein Zeichen für meinen Einsatz gaben. Später kamen die Beiden ganz aufgeregt und freudig zu mir und bedankten sich für die „indianischen" Gesänge.

In den folgenden Jahren sollte ich noch viele Interpretationen über die Gesänge erhalten: mongolisch, grönländisch, eine alte vergessene Sprache aus Peru, saamisch oder tibetisch. Genauso ging es mir mit meinem Namen. Der stammte angeblich aus allen Teilen der Erde. Und dieser alte Name der Erdgöttin ist noch als Vorname in Finnland, in Nepal und Afrika erhalten geblieben.

Ein paar Wochen später fragte mich Gertraude, ob ich sie zu einem Rosenfest bei einem Künstler begleiten möchte. Sie hatte dort ein Harfenengagement. Ich erinnere mich, daß ich merkwürdig freudig aufgeregt über diese Einladung war, und wußte nicht warum. Das sollte sich noch herausstellen. Das Rosenfest fand im Garten eines alten Herrenhauses statt, zu dem überwiegend Künstler eingeladen waren. Das Wetter war zauberhaft und es herrschte eine friedvolle heitere Atmosphäre, zu der die Harfenklänge von Gertraude ihr Übriges beitrugen.

Während einer längeren Pause setzte ich mich mit meiner Geige in einen entfernten Winkel des großen Gartens. Sofort stürmten einige Leute herbei und lauschten meinen Gesängen. Als ich endete, sprach plötzlich meine Sitznachbarin in die Stille: „Das hast du schon einmal gesungen. Damals. In der Mongolei. Vor 100 traumatisierten Kindern, die ihre Sprache verloren hatten. Und du hast nicht alleine gesungen.

Ihr ward zu zweit." Völlig erstaunt blickte ich sie an und fragte sie, wer das denn gewesen sei. „Ich" meinte sie und da erkannte ich sie wieder – meine Schwester mit ihren lieben mongolischen Augen!

Im Winter kam dann ein weiteres Instrument zu mir. Damals war ich mit einem guten alten Künstler-Freund unterwegs zu einem Picknick. Bei strahlend blauem Himmel liefen wir mit unserem Picknickkorb über`s schneebedeckte Feld. Wir wollten Ulla besuchen, eine verschrobene Einsiedlerin und Künstlerin, die mit ihren Tieren auf einem kleinen Hof lebt. So wie einige Frauen hier auf dem Lande. Wir saßen an ihrem Kachelofen und tranken Tee, als ich das Monochord* entdeckte. Sie wolle es verkaufen, meinte sie. Fast alle Obertonsänger besitzen entweder ein Monochord oder ein Harmonium, um sich zu begleiten und ich entgegnete lahm, eigentlich müsse ich ja auch so ein Instrument haben... Plötzlich fiel Ulla etwas ein und sie sprang auf und lief hoch zum Dachboden. Erst kam sie mit zwei kleinen roten Holzböcken wieder und dann mit einem großen länglichen Kasten, auf den 21 Saiten gespannt waren. Ich zupfte die tiefe C-Saite an und ein Schauer lief durch meinen ganzen Körper. Ulla bemerkte das und sagte: „Ich sehe schon, es ist dein Instrument. Nimm` es mit."

Voller Staunen und Dankbarkeit brachten wir dieses Monstrum zu mir nach Hause. Später erfuhr ich dann, daß es sich um eine Mongolische Bockharfe handelte. Ich hatte das Gefühl, sie schon einmal gespielt zu haben. In einem früheren Leben. Auch sollte ich nicht das Harfenspiel erlernen, sondern sie intuitiv zupfen und dazu singen. Es ging nicht um Perfektion, sondern um Kraft und Energie und um Heilung. Bei den vielen Auftritten in den folgenden Jahren auf Esoterik-Messen, Vernissagen und Lesungen wurde ich mit meinen Gesängen, begleitet von Geige und Harfe, als göttliches Werkzeug gebraucht.

Es durfte viel Heilung geschehen und reichlich Tränen fließen, gerade auch bei meinen Brüdern. Dafür bin ich sehr dankbar.

Wenn ich eine Kirche besuchte, habe ich stets ein paar Obertöne gesungen, um die Akustik zu prüfen. Als ich dann in der Simeoniskirche in Minden zum dritten Mal angesprochen wurde, wann ich denn mal ein Konzert geben würde, dachte ich, nun gut, Gott, wenn du das möchtest, tue ich es, aber eigentlich ist es doch eine Nummer zu groß für mich. Ein ganzes Konzert?

Ich besprach das in unserer Heilerrunde und zwei Freundinnen von mir fühlten sich ebenfalls gerufen. Silke, die Stimme des Lichts, bekam Gesänge durch die Engel und Kerstin las von der Kanzel Texte der Liebe.

Wir haben erst kurz vor dem Konzert erfahren, was Gott wirklich von uns wollte. Es ging hier nämlich um etwas ganz anderes.

Draußen vor der Kirche entdeckten wir einen kleinen Gedenkstein, auf dem eine alte Inschrift eingraviert war. Wir konnten mühsam entziffern, daß da Jemand seine Ehefrau betrauerte, die sehr jung am Kindbettfieber gestorben war. Wir waren alle drei sehr ergriffen von diesem Schicksal und wußten nun auch, warum wir hier singen und beten sollten! Nach dem Konzert berichtete uns eine hellsichtige Besucherin, daß sie ein Hochzeitspaar vor dem Altar gesehen hätte...

Erdheilungszeremonien

An den Externsteinen* fand 2008 eine Erdheilungszeremonie statt. Gustav, der Geistheiler, in dessen Heilerrunde ich sieben Jahre lang Mitglied sein sollte, hatte dazu aufgerufen. Er hatte uns vorab schon mal Informationen zugeschickt, damit wir uns alle geistig darauf vorbereiten konnten. Meine Tochter war damals fünf Jahre alt und noch nicht in der Schule. Sie wollte unbedingt, daß ich es ihr vorlese. Also las ich den für Kinder in ihrem Alter ziemlich unverständlichen Text vor. Wir würden in dieser Erdheilungszeremonie die alten Anker von Atlantis* und Lemurien* von der Erde lösen. Als ich geendet hatte, rief sie sofort freudig aus: „Mama, ich löse die lemurischen Anker!" Ich war überrascht, hatte sie doch noch nie von Lemurien gehört! Am nächsten Sonntag zählten wir 14 Teilnehmer plus Eva. Mein guter alter Freund Bernhard, der nicht schwindelfrei war, blieb mit Eva unten und wir 13 kletterten den schmalen Stieg hoch zum Stein. Dort versammelten wir uns im Kreis und in der Mitte befand sich noch ein Stein, auf den sich meine Tochter setzte. Wir begannen mit der Zeremonie, in der wir Zwölf im Kreis die Anker von Atlantis lösten und meine Tochter auf ihrem Stein löste die von Lemuria. Für immer werde ich diesen bewegenden Moment in Erinnerung behalten!

Die Liebe der Venus

Sehr bewegend war auch meine zweite Erdheilungszeremonie, welche wir am 9.9.2009 zelebriert hatten, als die Portale zum Himmel offen standen. Sie fand bei Annette und Burghard im großen Garten ihres „Cafe Harmonie" im Extertal statt.

Ich kam morgens etwas später, da ich noch meine Tiere versorgt hatte, zu der mir unbekannten Gruppe, welche schon mit der Zeremonie begonnen hatte. Sofort tauchte ich ein in eine Wolke von Liebe und Frieden, ich hatte das Gefühl, die Luft ist viel dichter als sonst. Obwohl ich niemanden kannte, kannte ich sie doch alle. Wir sind alle eine Familie. Es ist wie nach Hause kommen. Diese Erfahrung sollte ich noch häufiger machen, wenn Menschen sich im Namen der Liebe versammelten.

Einer der Männer freute sich besonders, mich wiederzusehen, vor allen Dingen so quicklebendig!

Das bin ich wohl in dem Leben, aus dem wir uns kannten, wohl nicht gewesen. Voller Liebe umarmten wir uns und schauten uns immer wieder in die Augen. In einer langen Zeremonie, welche den ganzen Tag dauerte, legten wir aus Teelichtern einen Venus-Stern auf Mutter Erde. Somit wollten wir die Liebe der Venus auf der Erde verankern. Als es abends dunkelte, entzündeten wir feierlich die Kerzen. Annette kletterte eine kleine Trittleiter hoch, die ihr jemand gebracht hatte, um die Lichter von oben zu sehen. Oben brach sie in Tränen aus, denn sie stammt von der Venus und es ist eine große Herausforderung für sie, sich ihre Liebe hier unten auf dieser Erde zu bewahren. Ich versuchte es dann auch mit der Leiter, aber ich empfand nichts. Ich komme ja auch, wie die meisten von uns, vom EL AN RA*, vom Orion. Allerdings gibt es auch ein paar Plejadier unter uns und auch Sirianer und Arkturianer. Sternengeschwister. Sternensaat. Galaktische Familie.

Am Kaiser

Am 9.9.2012 erhielt ich dann den Auftrag von meinem Hohen Selbst, eine Erdheilungszeremonie durchzuführen. Sie sollte oben auf dem Wittekindsberg bei Porta-Westfalica stattfinden, und zwar genau oben am Denkmal des Kaisers. Und dieser Tag fiel ausgerechnet auf einen Sonntag! „Total verrückt", sagten alle aus meinem Heilkreis, „sowas können wir nicht machen. Die sperren uns ein." Traurig griff ich zum Telefonhörer, um noch einigen Teilnehmern, die sich angemeldet hatten, abzusagen, da klang Beate ganz froh und munter durch die Leitung: „Nee, Anu, also w i r kommen." Wirklich? Wer ist denn Wir? „Na, Gustav und Bernhard, Vera und Axel und ich."

Das freute mich riesig, so sollte die Zeremonie also doch stattfinden. Für alle anderen hatte die Spiritualität scheinbar eine Grenze und sie hatten Angst, diese zu überschreiten.

Am nächsten Sonntagmittag bei allerschönstem Ausflugswetter konnte ich trotz der vielen Besucher meine Trommel schlagen, ohne daß mich jemand verhaftet hätte und der liebe Gustav erklärte fragenden Passantinnen in aller Ruhe, warum er dort am Kaiser Siliziumpulver ausstreue. Dieses Pulver habe er mit einer Information programmiert. Und zwar mit geistiger Freiheit. Dieser Berg symbolisiere das Kronenchakra dieser Landschaft und gerade in Deutschland herrsche leider noch viel Obrigkeitsdenken, das wollen wir heute freisetzen. Einer meiner Lieblingssprüche lautet: „Man muß Gott mehr gehorchen als den Menschen." (Apostelgeschichte 5, Vers 29)

Meine Wanderjahre

Mittlerweile hatte ich meine Kaltblutpferde in sehr gute Hände gegeben und auch den Planwagen verkauft und bin aus der Hütte im Moor ausgezogen. Eine Bekannte fragte mich, ob ich nicht mit Eva und den Ponys zu ihr auf den Hof kommen könne, da er leer steht und sie ihn verkaufen möchte. Zum Glück blieb ich nicht lange alleine und es zogen noch einige interessante Mitbewohner ein.

Schon während des Umzugs hatte ich erfahren, daß in dem kleinen Dorf in der Nähe von Minden dringend eine Vertretung für die Küsterin gesucht wurde. Ich wunderte mich über mich selbst, da ich sofort freudig damit in Resonanz ging. Und da ich ja immer Gottes Willen befolgte, fuhr ich mit meinem vollbeladenen Auto zum Gemeindebüro und wurde sofort eingestellt.

In den folgenden Monaten hatte ich mir so manchen Fauxpas erlaubt. Vor dem Gottesdienst hatte ich immer die Glocken geläutet. So tat ich es auch pflichtbewußt am Karfreitag. Der Pastor hatte mir ja nichts Gegenteiliges gesagt. Wutentbrannt stürmte er auf mich zu und fing an zu schimpfen, während die Kirchenbesucher eingelassen wurden und ich die Gesangsbücher ausgab. Da schlurfte eine alte Dame an uns vorbei und meinte ganz trocken: „Herr Pastor, da gibt es aber Schlimmeres." Den zweiten Fauxpas erlaubte ich mir kurz vor Ostern. Vor der Kirchentür stand ein großes Paket mit neuen Kerzen. „Oh", dachte ich, „die kommen aber spät im Jahr" und wechselte die große weiße Kerze mit der neuen Jahreszahl aus. Das gab am Ostersonntag ein Theater! Aber ich konnte ja nicht wissen, daß die neue Kerze erst in der Osternacht aufgesteckt wird. Der Pastor behandelte mich sehr unfreundlich und die Gottesdienste waren fast leer und kraftlos. Vom Heiligen Geist war nichts zu sehen!

Ich bekam aber auch noch einen weiteren Auftrag „von oben". Ich sollte das ganze Wiehengebirge bewandern, um es von negativen Energien zu befreien und die alte Kraft wieder herstellen. Zu dieser Wanderung, die jeweils Sonntags vom Januarvollmond bis zum Ostervollmond stattgefunden hat, gesellten sich einige meiner Freundinnen aus unserem Heilkreis mit ihren Kindern. Wir zogen also mal singend, mal schweigend, mal energetisch heilend über den Gebirgskamm. Immer mit dabei und von den Kindern heiß und innig geliebt: die gute treue Eva. Unterwegs gab es auch für uns alle persönlich eine Prüfung. Ich war es gewohnt, mich i m m e r und ü e b e r a l l auf meine Intuition zu verlassen und wir kamen an eine Weggabelung. Dort zeigte ein Holzschild zur Waldquelle, welche unser Ziel war. Und alle aus der Gruppe wollten diesem Schild folgen. Meine Intuition zog mich aber in die entgegengesetzte Richtung. Sie monierten, daß da doch gar kein Weg sei, sondern nur ein Acker. Ich w u s s t e aber, daß dort ein Weg war, obwohl wirklich kein Weg zu sehen war! Da die anderen das nicht glaubten und dem ausgeschilderten Weg folgten, schloß ich mich ihnen schließlich an. Das Fazit war, daß wir endlos liefen bis in die Dunkelheit hinein und auf der vollkommen verkehrten Bergseite herauskamen! Auch konnten wir nicht wie geplant, im Cafe der Waldquelle ein Stück Kuchen essen. Jetzt war es dunkel und unsere Autos weit weg. Das Glück war uns trotzdem hold, denn wir fanden in dem winzigen Ort eine Pommesbude, in die wir alle erstmal hungrig einfielen. Martina rief dann ihren Ex-Freund ab, der uns alle abholen durfte.

Und am nächsten Sonntag mußten wir feststellen, daß der kleine Pfad, den ich gesehen hatte, direkt zur Waldquelle führte.

Im Sommer wurde der Hof verkauft und ich zog zu einer alten Freundin, deren Mann gerade verstorben war und die genügend Platz hatte auf ihrem Hof. Da erhielt ich immer wieder den Ruf, den Süntelkamm abzuwandern. Das ignorierte ich erstmal eine Zeit lang, da ich das Gefühl hatte, daß mich ein männlicher Gefährte bei diesem Auftrag begleiten würde.

Es tauchte aber kein mutiger Held auf und so wurde ich am letzten Oktoberwochenende, an dem die Uhren umgestellt wurden, von der geistigen Welt losgejagt. Ich hatte das Gefühl, mich beeilen zu müssen.

Ich packte meine Trommel, meine Glocken und meine gute Eva ins Auto und fuhr zum Hohenstein im Kreis Hameln. Von dort aus ging es los bis zum Süntelturm.

Ich dachte, das wird eine gemütliche Wanderung, auf der ich den Süntelkamm reinige und energetisiere. Denkste! Schon nach drei Kilometern wurde ich auf ein kleines Schild im Wald aufmerksam. Erschrocken las ich, daß im Jahr 1646 zwei Kinder ihrer Mutter gefolgt waren, die im Wald Pilze sammelte. Sie hatten sich dann im Wald verlaufen und im Dunkeln nicht mehr nach Hause gefunden. Das ganze Dorf hatte nach ihnen gesucht und man hat sie erst Wochen später tot aufgefunden.

Es handelte sich um zwei Mädchen; vier und zehn Jahre alt. Ich spürte, daß das ältere Mädchen noch hier am Ort war und völlig verzweifelt, da sie sich schuldig fühlte, daß sie nicht besser auf ihre kleine Schwester aufgepaßt hatte. Ich schenkte ihr mein volles Mitgefühl und weinte mit ihr um ihren Tod und den ihrer kleinen Schwester. Dann rief ich Erzengel Michael an und bat ihn, eine Lichtsäule zu errichten. Dem Mädchen sagte ich, es könne jetzt ins Licht gehen und werde dort von den Engeln und ihren Angehörigen erwartet. Dann flossen die himmlischen Gesänge durch mich und es war so ein wundervoller Moment, als sie hinüberging.

So als hielte die gesamte Schöpfung den Atem an.

Noch völlig bewegt von diesem traurigen Schicksal machte ich mich wieder auf den Weg. Nach etwa zwei Kilometern traf ich wieder auf ein Schild. Was soll denn das schon wieder? Ein Raubritter trieb hier einst sein Unwesen und ließ unschuldige Dorfbewohner in seinen Kerker sperren. Ja, ich konnte diesen ruhelosen Ritter auf seinem Pferd wahrnehmen. Er hatte ein furchtbar schlechtes Gewissen, deshalb geisterte er hier noch herum. Auch diesmal hatte ich Mitgefühl und erklärte ihm, daß alle Seelen im Laufe ihrer Inkarnationen auch Böses getan haben. Wir wollten einfach Erfahrungen sammeln und uns weiterentwickeln, um dann zu einer reifen Seele heranzuwachsen, wo wir ein Leben in vollkommener Liebe leben können. Auch ihm zeigte ich den Weg nach Hause und wir gingen beide unserer Wege.

Nun hatte ich aber genug von Raubrittern und armen Mädchen und nahm die letzte Etappe in Angriff. Mein Weg führte mich durch eine steile steinige Gebirgskluft, die mich an Colorado erinnerte, obwohl ich dort nie gewesen bin. Plötzlich sah ich zwischen den Felsen ein kleines Kreuz. Zwei junge Flieger sind hier im zweiten Weltkrieg abgestürzt und um`s Leben gekommen. Ach Jungs, ihr auch noch? Die beiden wußten wohl schon Bescheid, vielleicht hatte es sich rumgesprochen, daß jemand da ist, der ihnen weiterhelfen kann. Sie hatten es sehr eilig auf ihrem Weg nach Hause, ich brauchte lediglich etwas Salbei räuchern und ein Gebet sprechen. Geschafft. Ich war oben am Turm angekommen. Dort gab es eine kleine Gastwirtschaft und die freundliche Bedienung erinnerte mich an Gretel mit ihren blonden geflochtenen Zöpfen. Sie schenkte mir eine Brezel, brachte Wasser für Eva und ließ mich umsonst den Turm besteigen.

Wir gönnten uns eine kurze Verschnaufpause und dann mußten wir uns sputen, denn es wurde dunkel und wir mußten die neun Kilometer noch zurück laufen. Ich band mir die Kuhglocken um meine Hüften, damit die Wildschweine mich in der Dämmerung auch hören und uns nicht in die Quere kommen. In knapp zwei Stunden waren wir wieder am Hohenstein. Erschöpft, aber glücklich und dankbar für den Dienst, den ich heute für diese armen Seelen tun durfte. Diese Wanderung wird mir wohl zeitlebens in Erinnerung bleiben.

Ein paar Monate später habe ich dann eine Zeit lang in einem Kotten direkt am Hohenstein gewohnt und bin jeden Tag auf das wunderschöne Plateau geklettert, habe dort oben gesungen und getrommelt und mich mit der ganzen Schöpfung verbunden gefühlt.

Dann erfuhr ich von einem alten Bekannten, daß eine kleine Gruppe von Menschen ein altes Schullandheim im Lipperland gekauft haben und dort eine Lebensgemeinschaft gründen wollten. Sofort war ich Feuer und Flamme! Denn dieses wunderschöne alte Fachwerkgebäude mit seinen vielen kleinen Zimmern und dem großen bewaldeten Grundstück kannte ich ganz genau – hier bin ich als Kind schon mit meiner Klasse gewesen! Unser Klassenlehrer hatte sich damals bei unserer ersten Wanderung verlaufen uns so kamen wir alle hundemüde nach einem 12 Kilometer langen Marsch im Heim an. Man trug damals ja noch Rollkragenpullover aus Polyester, die elektrisch knisterten, wenn man sie über den Kopf zog. Und auch die Kniestrümpfe waren aus Plastik und stanken so gewaltig, daß ich sie bei den Jungs in`s Zimmer hängte!

Im ganzen Haus pulsierte immer noch eine fröhliche lebendige Energie, fast konnte man das Kinderlachen noch hören! Und im alten Eßsaal hing immer noch das Bild der drei Pferde von Franz Marc. Inspiriert von alten Kinderstreichen hängte ich ein Schild an meine Tür: Betreten verboten. Betreten streng verboten. Betreten strengstens verboten. Betreten allerstrengstens verboten. Gezeichnet Räuber Hotzenplotz. Das fanden einige nicht so lustig.

Die ersten Bewohnerinnen, die einzogen, waren Andra, Maria und ich. Die anderen kamen alle am Wochenende dazu, da waren wir dann zwölf Leute. Wir machten keine Pläne, brauchten keine Absprachen. Irgendjemand von uns hat immer gekocht, eine andere das Haus gewischt, den Müll rausgetragen, wieder andere im Garten gewerkelt. Es war ein Feld der bedingungslosen Liebe, deshalb hat es so wunderbar von selbst funktioniert! Nach und nach sind die anderen dann auch eingezogen und wollten Regeln und Arbeitseinteilungen. Auch die Haustür wurde abgeschlossen, welche vorher immer Tag und Nacht offen war, da wir ja hier auf dem Land sind und die gute Eva doch auch vor der Tür lag. Es wurde langsam ungemütlich und als Maria einen Schlaganfall hatte und auch Andra wieder auszog, hielt mich zuletzt auch nichts mehr.

Aber im Nachhinein bin ich sehr dankbar für die Erfahrung, die ich machen durfte. Ich war sehr glücklich zu wissen, daß das Zusammenleben in bedingungsloser Liebe möglich ist – mit Menschen, die im Herzen leben und nicht im Kopf.

Nun bot Winnie mir im Nachbarort ihre winzige Ferienwohnung für vier Wochen an. Mein Verstand fragte sich natürlich auch, was das denn sollte. Vier Wochen sind eine kurze Zeit und wie geht es dann weiter? Aber das Leben hat ja einen Plan. Immer. Und diesmal hatte das Leben eine große Überraschung für mich!

In der Kulturkneipe vor Ort gab es an einem Abend ein Gitarrenkonzert. Das interessierte mich überhaupt gar nicht, aber ich w u s s t e , daß ich dort unbedingt hingehen m u s s t e .

Die beiden Musiker spielten dann doch so mitreißend, daß ich sogar aufstand und dazu tanzte. Nach dem Konzert sprach mich der Jüngere der beiden an und gab mir zu verstehen, daß er mich gerne wiedersehen wollte. Er besuchte mich die darauffolgenden Wochen und wir unternahmen lange Wanderungen durch die verschneite Winterlandschaft.

Wir waren gleich sehr vertraut und in unserer ersten gemeinsamen Nacht sah ich, wie sein Gesicht sich plötzlich veränderte. Es war das eines jungen Indianers, der mich mit so einer reinen Liebe anschaute, daß ich glaubte, sterben zu müssen. Gleichzeitig wußte ich, daß ich damals seine junge Frau gewesen bin. Dann wechselte das Gesicht in das eines reifen schönen Indianermannes. Und diese Liebe, die er ausstrahlte, war unbeschreiblich tief, rein und schön.

Leider hatte er sein Herz noch verschlossen, da tiefe Beziehungswunden aus der Kindheit und Partnerschaft noch nicht geheilt waren. Und dieser Mann war auch noch gar nicht erwacht! Dabei schrieben wir schon das Jahr 2016 ! Für ihn begann ein neues Leben. Er sollte sogar einen neuen Namen bekommen! Denn als er mir seinen Namen nannte, platzte es spontan aus mir heraus: „Nein, das ist nicht dein Name." Was ich nicht wissen konnte war, daß es tatsächlich nicht sein richtiger Name war. Mit seinem ursprünglichen Namen konnte er sich aber auch nicht identifizierten.

Da ich gerade ein spannendes Buch über Tibet gelesen hatte und der Held dieses Romans ein Nomade namens Atan war, der tibetische Flüchtlinge auf Ponys über die verschneiten Pässe des Himalayas nach Indien schleuste, so fragte ich ihn einfach, ob er nicht diesen Namen tragen wolle. Er war einverstanden.

Nun wurde er mein Gefährte und mein Schüler. In den nächsten Jahren sollten wir beide gemeinsam schamanisch arbeiten und zusammen den Teutoburger Wald, das Eggegebirge, das Wesergebirge und das Wiehengebirge abwandern, um sie von den alten kriegerischen Energien der Römerfeldzüge zu befreien.

Das Hügelgrab

Einige Zeit später wurde Atan auf eine Anzeige im Internet aufmerksam. Dort suchte eine neugegründete Lebensgemeinschaft, die ein altes Gut an der Weser bewohnten, neue Mitbewohner. Der ehemalige Gutshof gehörte damals zu einem Schloss und lag mitten im Wald auf der Ottensteiner Hochebene.

Als wir uns das erste Mal die Räumlichkeiten anschauten, geschah etwas Merkwürdiges. Der Boden unter unseren Füßen fing an zu schwanken! Als ich dann zum Fenster hinaussah, blickte ich auf einen großen Hügel, auf dem drei Windräder standen. Und ich konnte spüren, daß diese Energie von dort ausging. Es war beunruhigend und wir sprachen die jungen Leute der Lebensgemeinschaft darauf an. Sie drucksten erst etwas herum, beichteten dann aber, daß sie das auch schon bemerkt hätten, daß hier in der Gegend etwas nicht stimmt. Sie hatten auch schon eine energetische Aufstellungsarbeit dazu gemacht und danach hatte Alex drei Stunden lang geschlottert wie Espenlaub. Danach hatten sie es nicht mehr gewagt, das Problem anzugehen. „Na prima" dachte ich und war gar nicht begeistert. Deswegen bin ich also hierhergerufen worden. Ein Fall für die Schamanin.

Also packte ich meine beiden Lamas in meinen alten Pferdeanhänger und auf der großen alten Obstbaumwiese, auf der die drei Kleinpferde der Gemeinschaft weideten, war auch noch genug Platz für meine beiden Lamas. Nur wurde hier öfters ein Wolf gesehen und die Wildkamera der Jäger hatte ihn auch gefilmt. Auch Atan hat ihn gesehen, als er eines Abends die kilometerlange Straße durch den Wald zum Gutshof fuhr.

Eines Morgens kam ich auf die Weide und bemerkte eine Goldfliege über dem Rücken meines jungen Lama-Hengstes. Das bedeutete für mich Alarmstufe

Rot! Denn Goldfliegen legen auch in kleine Verletzungen ihre Eier ab und wenn die Maden dann schlüpfen, kriechen sie unter die Haut und fressen das Tier von innen auf! Ich weiß, das klingt gruselig, es ist aber die Realität und ich habe es damals beim Wanderschäfer miterlebt, wie ein Schaf daran zugrunde ging.

Ein wundervoller Segen war, daß eine Bekannte mir sofort 20 Euro lieh, denn das Arbeitsamt ließ sich oft monatelang Zeit mit der Bearbeitung des Antrages und natürlich auch mit der Auszahlung des Geldes zum Lebensunterhalt.

Zum Glück hatte ich noch Sprit im Tank und fuhr sofort zu Apotheke und kaufte eine Flasche Goldgeist. Das ist eigentlich ein Läuseshampoo für Kinder, aber da es Pyrethrum enthält, ein Extrakt aus einer Geranie, ist es ein natürliches Insektizid. Irgendwie konnte ich dann meinen wilden Lama-Hengst überreden, mal stehenzubleiben und goß ihm schnell die ganze Flasche auf die Stelle am Rücken. Sofort krochen einige Maden aus dem Fell und fielen tot zu Boden. Ich war erleichtert. Wir nahmen an, daß der Wolf ihn in den Rücken gebissen hatte, der Hengst ihn aber in die Flucht geschlagen hatte. Lamahengste sind sehr wehrhaft gegenüber Wölfen und sie besitzen sogar Reißzähne zur Verteidigung gegen Raubtiere!

Mittlerweile hatte ich mich oben in meiner Wohnung notdürftig eingerichtet, denn ich hatte schon länger erkannt, daß es keinen Sinn macht, mit Möbeln umzuziehen, wenn man ständig an einen anderen Ort gerufen wird.

In der Mongolei wäre es einfacher für mich gewesen, da hätte ich meine Habseligkeiten auf mein Kamel geladen und wäre mit meinem Pferd singend vorangeritten – quer durch die Steppe, immer meiner Intuition folgend. Meine Landsleute hätten alle gewußt, was die Berufung eines Schamanen bedeutet und sie hätten mich beherbergt und verköstigt, solange mein Auftrag gedauert hätte. Hätte hätte hätte. Aber ich bin nun leider in diesem Leben in Deutschland geboren und mußte damit leben, daß der Beruf einer Schamanin hier unbekannt ist. Und wenn das Leben mir nicht gerade eine Arbeit gab, die auch in Geld bezahlt wurde, mußte ich mich überwinden, zum Arbeitsamt zu gehen. Wie oft hatte ich nichts zu essen und einmal habe ich sogar meine Schuhe verkauft!

Meine Aufgabe hier auf der Ottensteiner Hochebene war es, Seelen zu erlösen. Mittlerweile wußte ich, daß es sich bei dem Hügel mit den drei Windrädern um ein altes Hügelgrab handelte, in dem hunderte (!) Menschen lebendig (!) begraben worden waren. Ja, ich bekam auch Gänsehaut. Aber ich tat fleißig meine Arbeit, wanderte jeden Tag mit Eva auf den Hügel, betete und sang.

Den ganzen Juli über gab es fast täglich ein mächtiges Gewitter. Einmal saß ich bei offenem Fenster auf dem Fußboden und spielte auf meiner Geige und sang, während es draußen blitzte und donnerte und das Hügelgrab hell erleuchtete. Plötzlich schlug ein Blitz in das eine Windrad und es fiel überall im ganzen Haus der Strom aus, nur merkwürdigerweise bei mir oben nicht.

Selbst die Mikroorganismen verhielten sich merkwürdig in dieser Gegend! Die Pferdeäpfel wollten nicht verrotten, eine Stute hatte eine eitrige Entzündung am Bein, meine Eva eine Ohrenvereiterung und Alex hatte Eiter im Knie. Diese Entzündungen hielten sich alle drei sehr hartnäckig und waren selbst mit Antibiotika nicht in den Griff zu bekommen. Es war energetisch auch alles sehr zäh hier oben. Nachdem ich ein paar Wochen gearbeitet hatte, spürten wir, daß es leichter wurde und die Entzündungen konnten endlich heilen.

Ich sollte nie erfahren, wie viele Seelen sich aus dem Hügelgrab entschlossen hatten, ins Licht zu gehen, aber nach zwei Monaten war meine anstrengende Arbeit hier beendet.

Das Paradies

Das Leben schenkte mir daraufhin eine Belohnung. Ein alter Bekannter rief mich an und fragte mich, ob ich nicht zu einer lieben Freundin von ihm ins Haus ziehen könne. Sie habe sich nach 33 Ehejahren von ihrem Mann getrennt und könne jetzt nicht alleine im Haus sein. Ruth war älter als ich und eine herzensgute Frau. Obwohl wir beide sehr verschieden waren, mochten wir uns auf Anhieb. Sie bewohnte ein modernes Haus am Hang in einem kleinen Ort direkt an der Weser bei Hameln.

Sie war auch verrückt genug, meine beiden Lamas auf ihre kleine Obstbaumwiese zu stellen! Wir räumten den Holzschuppen aus und somit hatten die beiden auch einen Stall. Wir waren jetzt die Attraktion im Ort. Ruth arbeitete bei der Bank und ihr Kühlschrank war immer gefüllt. Da sie nebenberuflich als Ernährungsberaterin fungierte, gab es morgens gleich frische Säfte und Smoothies, für die ich die

Kräuter im Garten sammelte. Es war eine biologisch-gesunde, vegane und vollwertige Ernährung und wir lebten wie im Paradies!

Nun gab es aber auch „Arbeit" für mich. Wir haben viele lange Gespräche geführt, denn es war sehr schwer für sie, sich von ihrem Mann zu trennen. Durch die Ausbildung zur Ernährungsberaterin hatte sie sich weiterentwickelt und kämpfte noch zwei Jahre um ihren Mann, den sie sehr liebte. Eines Tages kam sie von ihm und brachte ein Paar Birkenstocksandalen mit, die er ihr mitgegeben hatte. Ruth hatte sie immer in ihrem gemeinsamen Urlaub in Dänemark getragen und brach bei der Erinnerung in Tränen aus. „Wir machen morgen ein Ritual und werfen sie ins Feuer", sagte ich. Als sie am nächsten Tag von der Arbeit kam, regnete es in Strömen. Sie wollte schnell ins Haus schlüpfen, da sie meinte, das würde heute nichts werden bei dem Wetter.

Aber ich hatte das Feuer schon im Gange und nach dem reinigenden heilenden Ritual, bei dem sie nicht nur ihre Sandalen, sondern auch ihre alten Emotionen mit ins Feuer warf, konnten wir beide lachend im Regen um das Feuer tanzen!

Ein anderes Mal fand sie auf dem Weg zur Arbeit einen toten Greifvogel. Wir nahmen erst an, es sei ein junger Seeadler, denn es gab ein Pärchen, welches oben im Wald brütete und die wiedervernässten Naturschutzgebiete an der Weser zur Nahrungssuche nutzte. Wir liefen zu Britta rüber, die beim NABU arbeitete, aber es handelte sich hier wohl doch um einen Bussard.

Auch diesen Greifvogel hatte das Leben für ein Ritual zu Ruth gebracht. Wir hielten ein feierliches Begräbnis ab, umringt von den neugierigen Lamas, während Eva friedlich zu unseren Füßen lag. Auch bei diesem Beerdigungsritual konnte sie alles an Belastungen und Traurigkeit mit in die Erde geben.

Ja, es flossen reichlich Tränen und das war auch sehr heilsam. Denn ihre unbändige Lebenslust kam wieder zum Vorschein. Wir beide waren wie zwei verrückte Hühner, die spontan zu einem Punkkonzert fuhren, wo Ruth sich mit Dauerwelle und Handtasche in die erste Reihe stellte und laut mitsang. Dann nahm ich sie mit nach Bielefeld zum Fünf-Rhythmen-Tanz. Dieser findet einmal monatlich in einem großen Gemeindesaal statt, wo etwa 70 Menschen ihre Körper meditativ zu verschiedenen Rhythmen bewegen. Und das ist völlig verrückt, unglaublich lustig, befreiend und geht gleichzeitig sehr in die Tiefe und es fließen auch schon mal Tränen. Ruth stand das erste Mal zwei Stunden an einem Fleck und schüttelte ihren Körper wie verrückt. Danach war sie sehr gelöst und hatte wohl einiges abgeschüttelt.

Schon bald lernte sie Klaus-Peter beim Tanzen kennen und sie wurden ein Paar. Dann ging es turbulent für sie weiter. Sie verkaufte ihr

Haus mit den vielen alten Familienerinnerungen und zog zu Klaus-Peter. Die beiden kauften sich ein Wohnmobil und fuhren nach Marokko. Ja, hier wurde ich wohl nicht mehr gebraucht und die nächste Seele rief mich schon.

Ach ja, beinahe hätte ich es vergessen. Während dieser vier Monate war ich auch für Mutter Erde im Einsatz und bin mit Atan gemeinsam das Weserbergland abgewandert.

Die Peruanerin

Es ging jetzt in die Senne zu einer Frau Ende dreißig, die eine Mitbewohnerin suchte. Wir beide waren grundverschieden und sie war überhaupt nicht spirituell. Sie hatte Besuch von zwei Peruanern, die mit ihren Flöten in ihren traditionellen Ponchos auf den Weihnachtsmärkten Musik machten. Auch in ihr erkannte ich eine alte peruanische Schwester wieder. Sie war sehr kühl und hatte ihr Herz verschlossen und somit hatten wir nicht viele Gemeinsamkeiten. Eines Abends saßen wir einmal gemeinsam am Eßtisch, als sie mir erstaunlicherweise von ihrer großen Liebe zu einem Mann erzählte. Eine Liebe, die so tief und rein sei und es fühle sich so an, als seien sie Bruder und Schwester. Sofort fiel mir ein, daß diese beiden Dualseelen sein müssen, konnte ihr dies aber so natürlich nicht mitteilen. Dieser Mann ist Peruaner und lebt in Kanada und vermißte sie sehr. Sie erwog den Gedanken, hier alles aufzugeben und zu ihm nach Kanada zu gehen. Da ich um diese Liebe mehr wußte als sie selbst, bestärkte ich sie in ihrem Wunsch. Schon nach ein paar Wochen hatte sie den Mut, ihrem Herzen zu folgen und verkaufte ihr Hab und Gut. Hier endete auch mein Auftrag, von dem sie nicht mal eine Ahnung gehabt hatte. Und es zog mich wieder in die Weite Niedersachsens.

Beim Bürgermeister

Da es in Niedersachsen auf dem Land fast nur Eigentum gibt, sind Häuser, Höfe und Wohnungen zur Miete nur schwer zu finden. Am besten ist es, wenn man vor Ort ist und mit den Menschen spricht. So mietete ich für zwei Monate eine Ferienwohnung auf einem Hof direkt beim Bürgermeister und seiner Frau. Andrea empfing mich wie eine Königin und zeigte mir meine 130m2 große Wohnung und überreichte mir den Schlüssel. Dabei hatten wir weder einen Vertrag gemacht noch hatte ich auch nur einen Euro gezahlt. So ist das Leben in Niedersachsen. Ich liebe das Land und die Leute! Meine Lamas konnte ich direkt in einem angrenzenden Garten unterbringen und Eva lag auf der Terrasse. Andrea selbst hatte auch zwei große Hunde und drei Pferde.

Die nächsten Wochen fuhr ich täglich durch die Gegend, sprach mit vielen Menschen, hängte Zettel in die Läden und telefonierte herum.

Mein Gottvertrauen wurde mal wieder auf die Probe gestellt. Wie schon oft, sollte ich erst zwei Tage vorher, kurz vor Ostern, mein neues Zuhause finden. Dabei hatten Andrea und ihr Mann mir sogar angeboten, die Ferienwohnung dauerhaft an mich zu vermieten und auch Weideflächen für die Lamas in Aussicht gestellt. Das war wirklich ein sehr liebes großzügiges Angebot, aber ich mußte es leider schweren Herzens ausschlagen, weil ich spürte, daß es nicht richtig sei, hierzubleiben. Ich mußte weiter. Aber wohin? Wo war mein nächster „Einsatzort"? Manchmal fühlte ich mich wie auf einer Missionsreise.

Da entdeckte ich das Haus am See, ganz in der Nähe das Großen Moores. Es stand für 40.000 Euro zum Verkauf. Natürlich konnte ich in meiner finanziellen Lage kein Haus kaufen, aber ich wußte ja um die

vielen Wunder, die im Göttlichen Feld möglich sind.
Also vereinbarte ich einen Termin und fuhr zur
Besichtigung. Aber es ging gar nicht um d a s Haus,
sondern um ein anderes. Als ich von dort wieder weg
fuhr, fiel mir ein Schild im Fenster eines Hofes auf,
der zu Gewerbezwecken zu vermieten war. Das war
zwar eine Nummer zu groß für mich, ich hielt aber an
und lief auf das Grundstück, um den Besitzer zu
finden. Dieser war ein Mazedonier und sprach
gebrochen deutsch, er freute sich über meinen
Besuch wie ein Schneekönig und meinte, er habe
noch etwas viel Besseres für mich. Wir fuhren ca.
einen Kilometer auf der kleinen Straße Richtung
Moor, dort gehörte ihm noch ein Haus mit zwei
Haushälften und eine davon sollte meine sein. Just
am Vortag ist seine alte Mieterin ausgezogen und er
wunderte sich immer wieder darüber, woher ich das
wissen konnte. Was für eine wundervolle göttliche
Fügung!

Er fragte mich, wann ich denn einziehen möchte und ich sagte „morgen". „Ist in Ordnung", entgegnete er, „die Tür ist offen und der Schlüssel steckt." Als ich dann tatsächlich am nächsten Tag mit den ersten Sachen anrückte, war er doch ziemlich verblüfft. So wie ich hatte er auch schon oft erfahren müssen, daß die meisten Menschen meist nicht das hielten, was sie versprachen. Niazi begann unruhig zu werden und wollte vorher nochmal mit seinem Bruder die Wände weiß streichen. Er stellte mir auch einen kleinen Stall mit einer Weide für die Lamas zur Verfügung. Und zu Ostern machte er mir ein großes Geschenk, indem er die Weide einmal komplett mit Schafdraht einzäunte! Als wir irgendwann den Mietvertrag machten, sollte ich einfach alles so eintragen, daß die Mietkosten auch angemessen sind; eigentlich hätte er viel mehr verlangen können. Er las den Vertrag nicht einmal durch, als er ihn unterschrieb. Entweder er vertraute mir blind oder er konnte nicht lesen und schreiben.

Aber er hatte mehrere alte Häuser und Höfe erworben und sie mit seinen Brüdern renoviert, um sie dann zu vermieten. Er war ein Schlitzohr, aber mit Herz. Selbst einen Rasenmäher stellte er mir in die Garage und sorgte immer für frisches Benzin.

Ich fühlte mich wunderbar zu Hause und genoß den stürmischen Wind, der hier fast so heftig weht wie am Meer. Meine Wäsche mußte ich mit vielen extrastarken Klammern aufhängen und sie war oft in einer halben Stunde trocken!

Als ich Anfang April meinen Gemüsegarten bestellte, wehte mir der Samen von Salat, Mangold und Roter Bete sonstwo hin und ich war überrascht, daß dann später doch noch etwas gewachsen war. Aber ich war ja nicht nur hierhergekommen, um Wäsche in den Wind zu hängen!

Eine Bekannte fragte mich eines Tages, ob ich sie nächste Woche wohl einmal vertreten könnte. Sie unterrichtete Deutsch für Geflüchtete aus dem Irak,

Syrien und Afghanistan. Sofort sagte ich freudig zu, obwohl ich gar kein Unterrichtsmaterial hatte. Am Abend vorher fiel mir dann aber noch so einiges ein, das ich spielerisch mit den Schülern erarbeiten wollte. Laut Aussage meiner Bekannten sollten es sich hier um ein paar Frauen handeln. Wie erstaunt war ich am nächsten Morgen, als ich dann 17 ! Erwachsene antraf, davon auch viele Männer. Die meisten von ihnen waren begeistert bei der Sache und lernten schnell.

Später sollte ich eine feste Stelle erhalten in einem Projekt mit geflüchteten Frauen und ihren kleinen Kindern und habe die herzlichen Kontakte sehr genossen.

Harri

Aber da wartete noch eine größere Aufgabe auf mich. Harri. Mein Nachbar. Er war depressiv und wollte sich das Leben nehmen. Er lebte alleine auf seinem Hof, seine Frau hatte ihn verlassen und den kleinen Sohn mitgenommen. Er bekam ihn selten zu Gesicht und es lief ein Sorgerechtsverfahren. Auch der Hof sollte zwangsversteigert werden. Mittlerweile war er total überschuldet und die Rechnungen türmten sich in einer Schubkarre, die er ungeöffnet einmal im Monat verbrannte. Er ging selten zum Briefkasten an der Straße und ich traf ihn nur „per Zufall" und er schüttete mir gleich sein Herz aus. Praktisch konnte ich ihm helfen, indem wir gemeinsam Anträge an die Ämter stellten und die Post der Krankenkasse und Versicherungen beantworteten. Er bekam auch eine Heizkostenhilfe, da er mittlerweile in der kalten Küche saß und nur mit seinem Backofen heizte.

Aus seinem seelischen Schmerz wollte er nicht heraus, egal wieviel Verständnis und Mitgefühl ich ihm entgegenbrachte und auch Lösungswege für die Heilung aufzeigte. Ich nahm ihn mit zu unserer Heilerrunde und schleppte in den nächsten Monaten alle meine Freundinnen mit zu ihm, die ihm alle ihre oft tragischen Lebensgeschichten erzählten, von denen sie sich aber geheilt hatten und ihn ermunterten, daß auch für ihn Heilung möglich sei. Harri wollte aber nicht. Das machte mich sehr traurig, aber ich muß akzeptieren, daß Gott uns alle mit einem Freien Willen ausgestattet hat.

Ein paar Jahre später hörte ich im Radio die Nachricht, im Kreis Nienburg habe ein Mann seine Ex-Frau erschossen. Auch die Ortsangaben paßten genau.

Stettiner Haff

2017 sollte ich gemeinsam mit meinem Gefährten noch zu einigen „Einsätzen" losgeschickt werden. Einmal bekamen wir die Order, zum Stettiner Haff an die Ostsee zu fahren. Wir mieteten uns dort für ein paar Tage einen alten DDR-Bungalow, der schimmelig stank und so verdreckt war, daß wir ihn erst säubern mußten! Atan wollte eigentlich sofort wieder abreisen, aber am nächsten Morgen überraschte er mich damit, daß er schon früh aufstand und die Küche putzte.

Wir hatten dort auch einen Auftrag, von dem wir vorher nichts ahnten. Und zwar sind kurz vor dem Ende des 2. Weltkrieges hunderte Menschen aus Ostpreußen geflohen. Sie spannten ihre Pferde, meist Trakehner, vor Leiterwagen, die sie mit ihrem Hab und Gut beladen hatten. Mitten im eiskalten Winter flohen sie vor den Russen über das damals zugefrorene Stettiner Haff. Viele Menschen haben diese Flucht bei den eisigen Temperaturen nicht überlebt und wir hatten das Gefühl, wir hörten das Klagegeschrei und sahen die Trecks an uns vorüberziehen. Wir sind tagelang um das Haff gewandert, um mit unserem Mitgefühl und unserer Liebe wieder Frieden schaffen zu dürfen.

Brocken

Ende September bekam ich die Eingebung, zum Brocken in den Harz zu fahren. Wir trafen am frühen Abend am Parkplatz unterhalb des Berges ein, schnallten uns die Rucksäcke mit Proviant und Schlafsäcken auf den Rücken und bestiegen singend, betend und schweigend den Berg. Wir begegneten keiner Menschenseele, dafür aber einem wunderschönen großen Fuchs und einer Hirschkuh mit Kalb. Die Wildtiere waren immer sehr zutraulich, die Füchse kamen bis an`s Haus und und bissen in die ersten reifen Tomaten, sodaß ich mit ihnen schimpfen mußte. Auch lebte ich mit Eulen und Falken unter einem Dach und die Rehe hatten auch keine Angst vor Eva.

Oben auf dem Gipfel war es schon dunkel und es pfiff hier auf 1000m Höhe ein eisiger Wind. Wir vollzogen unser Ritual, kochten uns auf einem kleinen Gaskocher ein Süppchen und schlugen uns dann mit unseren Schlafsäcken in die Büsche und legten uns in`s weiche Heidekraut. Wenn nur die Kälte nicht gewesen wäre; denn wir hatten schon den ersten Frost hier oben. Früh morgens ließen wir unsere steifen Glieder von der Morgensonne wärmen, als wir plötzlich ein Schild bemerkten, auf dem zu lesen war, daß das Zelten hier verboten ist. Aber wir hatten ja auch nicht gezeltet. Wir sind hier oben fast alleine gewesen und beim Abstieg sollte ich dann nochmal einen Kulturschock erleben. Ich sah plötzlich eine riesige schwarze Qualmwolke, hörte ein lautes Pfeifen und schon bog ein uraltes Ungetüm um die Ecke, besetzt mit mindestens 100 Menschen, die alle ihre Handys zückten, um uns zu fotografieren. Das war also die Harzer Brockenbahn. Danke, Gott, daß du uns so ein ruhiges Zeitfenster geschenkt hast, in dem wir mit dem Brocken alleine sein durften.

Im Vatikan

Im November sollten wir dann in den Vatikan. Ich war noch nie in meinem Leben geflogen und als Musiker und Schamanin waren wir arm wie Kirchenmäuse. Wir haben es aber trotzdem getan, unter anderem weil wir wußten, daß das Leben uns schon wieder genug zum Leben zufließen läßt. Atan ergatterte einen günstigen Flug plus einer Übernachtung. Bei unserer Ankunft in Rom hatten wir Sonnenschein und milde 13 Grad. Von unserem Hotel waren es einige Kilometer bis zum Vatikan und wir hätten mit einem Bus fahren können, aber ich bekam rein, daß wir zu Fuß gehen sollten. Und so liefen wir über die Hügel Roms und waren fasziniert von der Landschaft. Plötzlich hatten wir beide ein Deja-vu. Wir waren in eine andere Zeit zurückversetzt worden und Atan war nun Arminius und ich seine reiche Geliebte, die mit ihrer Tochter in einem vornehmen Haus wohnte. Arminius wuchs als Armin bei den

Germanenstämmen auf und wurde als Junge von den Römern entführt und in der Kriegsführung ausgebildet. Er hatte große Sehnsucht nach seiner Heimat und wollte Rom heimlich verlassen. Es geschah eine Tragödie, die wir aber jetzt nachträglich im Jahr 2017 bereinigen und heilen konnten. Danach kehrte merklich Frieden ein und wir konnten unseren Weg fortsetzen.

Beim Vatikan angekommen, umrundeten wir erstmal an der Mauer entlang die gesamte kleine Stadt. Auch das ist typisch schamanisch. Als wir dann den Petersplatz betraten, bebte plötzlich die Erde! So vieles hatte diese alte Stadt schon erlebt, wie viel Blut ist hier geflossen...

Nach diesem Schreck begaben wir uns in den Dom, um dort leise singend und betend umherzugehen. Als wir zwei Stunden später wieder heraustraten, umrundeten wir noch mehrmals den Petersplatz in einem Reinigungsritual.

Auf dem Rückweg zum Hotel mußten wir neben den Autos am Straßenrand gehen, denn in Rom gibt es keine Bürgersteige, weil hier niemand zu Fuß geht. Es war sehr gefährlich und es gab viel typisch italienische Huperei. Und nach 12 Kilometern Fußmarsch quer durch die Stadt waren auch die alten ausrangierten Turnschuhe meines Neffen, die ich getragen hatte, durchgelaufen!

Völlig geschafft, aber erfüllt und glücklich flogen wir nach Hause.

Solling

Mittlerweile hatte ich meine Lamastute gegen einen Esel eingetauscht. Eigentlich wollte ich meinen Lamahengst kastrieren lassen, nachdem er meine Stute gedeckt hatte. Der Tierarzt kam auch, konnte aber nicht die passende Dosis Betäubungsmittel spritzen. Lamas sind da sehr empfindlich und eine zu hohe Dosierung kann zum Tod führen. Anders als bei Pferdehengsten, wo ich dem Tierarzt schon mehrmals bei Kastrationen geholfen habe. So mußte der Tierarzt unverrichteter Dinge wieder abfahren und ich mir etwas einfallen lassen. Ich habe ja kein Problem mit Hengsten, also kam ich auf die Idee, mir einen Esel zuzulegen. So fuhr ich zu Udo, von dem ich wußte, daß er neben Ponys und Lamas auch etwa 40 Esel besaß. Vom Zwergesel bis zu den wunderschönen Katalanischen Rieseneseln. Die konnte ich mir natürlich nicht leisten und mein Blick blieb an einem kleinen struppigen zerbissenem

Exemplar hängen. Nein, betete ich, doch nicht den. Doch, sagte das Leben, das häßliche Entlein ist für dich. Ich schaffte es, mich dem ängstlichen Tier zu nähern und es einmal kurz vorsichtig an den Nüstern zu berühren. Außerdem wurde er von allen anderen Eseln gemobbt. Das war sehr ungewöhnlich, aber Udo wußte auch nicht, wo er aufgewachsen war und was ihn geprägt hatte.

Udo holte seinen Sohn und wir schafften es, das arme Tier aufzuhalftern und an einem Strick in meinen alten Pferdehänger zu befördern. Zu Hause wartete Tulli, mein Lamahengst, schon sehnsüchtig auf Gesellschaft und als ich Torre, so nannte ich mein neues Familienmitglied, auslud, waren die beiden gleich ein Herz und eine Seele. Innerhalb von zwei Wochen verwandelte sich dieses struppige magere verängstigte Tier in einen zutraulichen Esel mit glänzendem Fell, der voller Lebensfreude mit seinem neuen Freund Hengstspielchen veranstaltete und über die Weide tobte.

Behutsam gewöhnte ich alle beide an einen Packsattel, denn nun ging es weiter in den Solling, wo ich eine kleine Holzhütte direkt am Waldrand mieten konnte.

Wenn Atan zu Besuch kam, wanderten wir mit Lama, Esel und Eva kreuz und quer durch die Wälder, in denen heute wieder Luchse und Wölfe leben. Unterwegs trafen wir auf einige rauhe Gesellen; Wilddiebe und Wegelagerer aus vergangenen Jahrhunderten und nur etwa die Hälfte von ihnen ließ sich den Weg ins Licht zeigen.

Nordholz

Danach ging es wieder gen Norden. Nach Nordholz. Das Leben führte mich zu einem kleinen verwahrlosten Kotten mit etwas Land, den ich günstig mieten konnte. Meinen Freundinnen beschrieb ich den Weg dorthin so: du biegst an der Hauptstraße beim Kuhstall ab, folgst dem kleinen Schotterweg bis du einen Regenbogen siehst, hinter dem Regenbogen mußt du noch an fünf schwarzen wilden Gesellen vorbei, und nach einem Kilometer siehst du auf der linken Seite einen Briefkasten, aber weit und breit kein Haus. Wenn es nicht gerade stark geregnet hat, fährst du gegenüber den zugewachsenen Sandweg hinein durch die Felder hindurch und bist nach etwa 500 Metern bei mir. Dieses Haus lag in der Einöde, der nächste Nachbarhof war fast einen Kilometer entfernt. Der Regenbogen war eine Skulptur, die ein Künstler dort aufgestellt hatte und bei den fünf wilden Gesellen handelte es sich um Wasserbüffel.

Es gab keine Heizung, nicht mal einen Ofen und die alten Fenster waren nur einfach verglast. Wir besorgten uns von meiner Schwester einen alten Werkstattofen, den sie erübrigen konnte, und krempelten die Ärmel hoch.

Das ganze Haus war verdreckt und unrenoviert. Außerdem hatten die Vormieter im Garten einen Frevelmord begangen und alle Bäume abgesägt. Alte Kirschbäume, Apfelbäume, zwei große Buchen, einen Birnbaum und Haselnußsträucher.

Ich hätte den ganzen Tag heulen können. Als die Nachbarn mich besuchten, berichteten sie mir, daß dieser Garten vorher eine Oase gewesen ist. Wir krempelten die Ärmel hoch und arbeiteten Tag und Nacht. Ich hatte keine Möbel und wir schliefen auf einer Luftmatratze. Beim Arbeitsamt glaubte das natürlich niemand und sie kamen extra herausgefahren, um sich das anzuschauen.

Ein paar Wochen später wurden mir dann notdürftig ein paar Möbel zugeteilt, die ich auf Kredit bewilligt bekommen hatte und zurückzahlen mußte. Es wurde trotzdem gemütlich. Atan zimmerte ein paar einfache Regale, der Ofen bullerte und ich erfreute mich an der Natur, der Stille und an mein Leben mit den Tieren. Zwei Hennen und ein kleiner Hahn sind nebenan in den kleinen Hühnerstall gezogen und liefen fröhlich im Garten umher. Eines Tages, wir kamen gerade vom Einkauf zurück, sahen wir einen riesigen Habicht am Holunderbusch und er hatte sich den Hahn gekrallt! Laut schreiend lief ich auf ihn zu und wollte, daß er ihn losließ, doch er starrte mich nur mit seinen blutunterlaufenden Augen an und flog mit dem armen Hannibal in seinen Klauen auf und davon! Die Hennen standen auch unter Schock – Henriette ist vor Schreck in den Graben am Feld gefallen und die schlaue Hermine hatte sich in den Stall geflüchtet.

Ich lebte mit sehr wenig Komfort in dem alten hübschen Häuschen. Morgens waren es oft nur 10 Grad, bevor ich den Ofen wieder anheizte und das Bad war sowieso eiskalt. Ich baute Gemüse an und fuhr mit dem Fahrrad zum Tante-Emma-Laden. Ein Auto besaß ich nicht mehr, da das alte Schätzchen ein Jahr zuvor seinen Dienst versagt hatte. Busse fuhren hier so weit draußen auch nicht; und hatte ich einen Termin beim Arbeitsamt, lief ich die zwei Kilometer bis zur Schulbushaltestelle und fragte den Fahrer, ob er mich mitnehmen könne. Das taten sie hier alle gerne und selbstverständlich und wollten nicht einmal ein Entgelt annehmen.

Mit der Müllabfuhr hatte ich allerdings etwas Theater, da sie von mir verlangten, die Tonnen zur zwei Kilometer entfernten Straße zu bringen. Erst als ich mit dem Ortsvorsteher über dieses Problem sprach, konnte es mit einem Anruf erledigt werden und ich mußte die Tonnen nur noch 500 Meter weit bis zum Briefkasten bringen. Trotz aller Erschwernisse liebe ich das Landleben! Auch wenn ich hier in Deutschland oft so gelebt habe wie andere in Sibirien.

Wir beide haben ein halbes Jahr geschuftet, bis das Haus wieder bewohnbar war; auch den Garten hatten wir mit viel Liebe und Achtsamkeit der Natur gegenüber wieder hergerichtet und von unserem kleinen finanziellen Budget einige Obstbäume und Beerensträucher gepflanzt.

Der Fuchs kam nachts an mein Schlafzimmerfenster und bellte; und wenn ich abends in der Dämmerung draußen saß, kam die Eule lautlos angeflogen und setzte sich auf den Ast über mir.

Erst, als wir mit allem fertig waren und es für uns wieder weiterging, erfuhren wir von einer Nachbarin, warum das Leben uns eigentlich hierher geführt hatte und was unsere Aufgabe gewesen ist. Wir wurden gerufen, um diesen Ort wieder zu heilen und zu reinigen, denn es sind schlimme Dinge hier geschehen.

Hier hatte eine Familie gewohnt, deren Tochter sexuell mißbraucht worden ist.

Mir wird jetzt noch übel, wenn ich daran denke. Gut, daß es uns vorher niemand gesagt hatte, denn so konnten wir unbelastet unsere ganze Liebe und Freude im Haus und auf dem Grundstück verteilen.

Die letzte große Reise

Mittlerweile war meine gute alte treue Eva gestorben. Zwölf Jahre alt ist sie geworden, das ist ein sehr hohes Alter für einen so großen schweren Hund. In Menschenjahren umgerechnet etwa 120 Jahre. Ich war natürlich sehr traurig und bei ihrem Begräbnis, als ich während der Zeremonie die Elemente anrief, geschah ein Wunder. Es war ein herrlich sonniger Tag mit ein paar harmlosen kleinen Schäfchenwolken am Himmel. Als ich dann im Westen die Wassergeister anrief, fielen doch tatsächlich ein paar Regentropfen und es gab einen Regenbogen! Dankbar und getröstet schaufelte ich ihr Grab zu und merkwürdigerweise hatte ich in den nächsten Monaten das Gefühl, daß sie immer noch bei mir war. Nur ihr Körper war gegangen. Meine liebe Erddrachin...

Ich konnte auch Tulli und Torre auf einen Bed-and Breakfast-Hof in gute Hände verkaufen und war nun frei für das nächste große Abenteuer.

Meine letzte große Reise als Schamanin. Ich verspürte eine sehr starke Sehnsucht nach all den Ländern, in denen ich hier auf der Erde in meinen tausenden Inkarnationen gelebt habe. Grönland, in den Anden in Peru, im Himalaya in Tibet und Nepal und in meiner heißgeliebten Mongolei. Ich wollte quer durch meine alte Heimat Sibirien und Jakutien reisen und mich dort in der Taiga mit Anastasia* treffen.

Nach dieser ca. zweijährigen Reise und Wanderungen über die Gebirgsketten wollte ich mich schließlich in der mongolischen Steppe niederlassen. Ich packte also meinen Koffer und überließ meinen Haustürschlüssel und all mein Hab und Gut meiner Nachfolgerin.

Da ich ohne Geld reiste, wollte ich mit einem Frachter von Kopenhagen aus nach Grönland zu meinem „Kollegen", den Inuit-Schamanen Angaangaq*. Er hatte im Internet zur Eröffnung seines Heilhauses eingeladen, nach Grönland zu kommen.

Atan fuhr mich mit seinem Bulli nach Kopenhagen und in letzter Minute entschied er sich, ebenfalls mitzukommen. Diese Entscheidung sollte uns beiden aber zum Verhängnis werden. Denn als wir in das Hafengelände kamen, sagte mir meine Intuition ganz klar, links ab, Richtung Hafen. Atan fuhr aber geradeaus weiter und agierte aus dem Verstand, da er zur Hafenmeisterei wollte, um nach dem Schiff zu fragen. Der Hafenmeister schickte uns unwirsch mit der Auskunft fort, daß Frachtschiffe keine Passagiere mitnehmen dürfen und wir sollten unverzüglich das Hafengelände verlassen. Der Frachter nach Grönland würde heute auch nicht mehr ablegen. Wir fuhren daraufhin natürlich trotzdem zum Hafen und sahen von Weitem dann auch das besagte Frachtschiff. Das Gelände war allerdings von einem hohen Zaun umgeben.

Ich schlug vor, einfach drüber zu klettern, aber das traute sich Atan nicht. Also gingen wir einmal um den Zaun herum und, was für ein Wunder- da stand ein Tor offen, durch das gerade einige Hafenarbeiter ein- und ausgingen. Wir reihten uns möglichst unauffällig in die Reihe ein und konnten unbehelligt zum Frachter gelangen. Ich kletterte die Stiege zum Schiff hoch und wollte mit dem Kapitän persönlich sprechen, ob er uns mitnehmen könne nach Grönland, wir würden auch auf dem Schiff helfen.

Aber ich war zu spät. Sie hatten die Ladung schon gelöscht und wollten soeben ablegen. Der Hafenmeister hatte uns also angelogen.

Da kam der Meister mit seinem Auto auch schon herangebraust. Mit hochrotem Kopf und auf dänisch und englisch schimpfend kam er auf uns zu und verwies uns vom Gelände und drohte mit der Polizei.

Während der Hafenmeister neben uns herging, schwieg ich intuitiv und das hätte Atan auch lieber tun sollen. Denn wir waren kurz vor dem kleinen Tor, als er uns fragte, wie wir denn hier überhaupt hineingekommen wären und Atan antwortete ihm auf englisch, daß wir durch das Tor dort vorn gegangen sind. Da stürzte unser wütender Meister nach vorne und schloß das Tor vor unserer Nase ab. Dann rief er die Polizei. Diese rückten dann mit zwei Streifenwagen an und wollten uns verhaften, da das Hafengelände Hoheitsgebiet ist, was wir natürlich nicht wußten. Atan fing an sich herauszureden, was die ganze Sache noch schlimmer machte. Ich schimpfte mit ihm, er solle lieber die Wahrheit sagen und mit mir zusammen beten. Gott sei Dank wurde unser Gebet erhört und die dänische Polizei hat begriffen, daß wir keine Schmuggler oder Spionageagenten sind, sondern nur zwei harmlose Hippies auf Weltreise.

Nach diesem Schock hat Atan sein ganzes Geld zusammengekratzt, sein Konto abgeräumt und mich nach Kopenhagen zum Flughafen gebracht.

Dreimal habe ich versucht, einen Flug nach Grönland zu bekommen. Einmal war ich fünf Minuten zu spät und das Flugzeug schon in Startposition, ein anderes Mal fehlten 18 Euro. Mir den Nerven am Ende und vollkommen niedergeschlagen saßen wir vor dem Terminal auf einer Bank. Da kam ein uriger Typ mit Bart und einem Akkordeon im Schlepptau auf uns zu. Ein Australier, der als Musiker durch die Welt reist. Er heiterte uns wieder auf und machte uns Mut und erzählte aus seinem Leben. Man könne jedes Ziel erreichen. Ja, dachte ich, er hat Recht. Das galt ja auch bisher für mein Leben.

Wir gingen nochmal in den Terminal, weil ich auf die Toilette mußte, da blieb Atan plötzlich vor einer großen Anzeigetafel wie angewurzelt stehen.

„Faröer" war dort zu lesen. Seine Eingebung war, man könne doch auch von den Faröer-Inseln auch mit einem Schiff nach Grönland?! Kurzerhand buchte er diesen - zum Glück sehr günstigen – Flug. Bei unserer Ankunft auf dem kleinen Flugplatz waren es nur noch 5 Grad und es regnete. Und das im August! In Dänemark hatten wir noch knapp 30 Grad gehabt. Trotz alledem waren die Inseln bezaubernd, ständig wechselten sich Sonne und Regen ab und überall erstrahlten Regenbögen. Wir fuhren mit dem Bus nach Thorshavn* und fragten dort bei einer Reederei nach. Die Schiffe fuhren sehr selten und die Kosten waren viel zu hoch. Im Hafen selbst kamen wir mit einem alten Fischer ins Gespräch, und als ich ihm meine Geschichte erzählte, bot er uns spontan an, umsonst in seinem kleinen Fischerhaus zu wohnen. Er fuhr uns mit seinem Boot auf eine kleine Nachbarinsel und ich war ihm sehr dankbar! In den nächsten Tagen fuhren wir noch zwei Mal mit der Fähre nach Thorshavn, um eine

„Mitfahrgelegenheit" zu finden. Es legte auch ein großes Kreuzfahrtschiff im Hafen an und wir fragten freundlich, ob wir nicht mitfahren und uns auf dem Schiff nützlich machen könnten. „Hand gegen Koje" hat es damals geheißen, aber das waren andere Zeiten und bestimmt schon fünfzig Jahre her. Mittlerweile haben die Menschen einfach noch mehr Regeln, Gesetze und Bestimmungen erfunden.

Hier endete unsere Weltreise und wir flogen mit unserem allerletzten Geld nach Deutschland zurück.

Corona

Es ging wieder nach Niedersachsen ins Moor. Wir mieteten ein winziges Hinterhaus auf einem alten Niedersachsengehöft bei einer reizenden alten Dame, die sehr resolut, aber auch schon etwas dement war. Sie war wirklich ein Original und ihre Lieblingsbeschäftigung war es, draußen vor ihrer Küchentür 17 (!) wildlebende Katzen zu füttern, während die Mäuse in ihrer Küche auf dem Tisch tanzten! Wir mochten sie wirklich sehr und wir hatten eine fröhliche Zeit miteinander. Dann kam Corona. Und die Welt stand still. Nur hier auf dem Land merkten wir nichts davon und lebten unser Leben weiter.

Mittlerweile wurde mir klar, daß ich meine Partnerschaft mit Atan, trotz der tiefen Liebe, die ich für ihn empfand, beenden mußte. Wir haben es zum Glück geschafft, unsere gute Freundschaft zu bewahren.

Dazu kam auch die große Überraschung „von oben",
daß nun auch mein Auftag als Schamanin beendet
wäre. Atan war fast trauriger als ich. Wußte ich doch
aus Erfahrung, daß das Leben ein einziger Wandel ist
und es viel leichter ist, im Fluß des Lebens
mitzuschwimmen als störrisch mit seinem Eigensinn
an Menschen, Orte oder Dinge zu klammern! Und in
jedem Anfang wohnt ein Zauber inne, dichtete schon
Herrmann Hesse.

NEUE ERDE

Eines abends stieß ich im Internet auf den spirituellen Seiten auf einen Vortrag des Biophysikers Dieter Broers. Er ist der Meinung, daß die Menschheit gerade dabei sei mit Gedankenkraft eine Neue Erde zu schaffen. Er unterlegte diese Theorie wissenschaftlich mit dem Fund sogenannter Neutrinos, welche die Sonnenstürme in unsere Erdatmosphäre wehen. Seine Beiträge versetzten mich in helle Aufregung, da ich in der letzten Zeit einige Träume und Visionen diesbezüglich hatte.

Ich litt schon mein ganzes Leben unter dieser „fortschrittlichen Zivilisation" hier auf diesem Planeten. Seit die Menschheit sich die Erde „untertan" gemacht hatte statt mit ihr in Gemeinschaft zu leben, sind alle Flüsse und Meere dieser Erde vergiftet worden, Urwälder gerodet, Bodenschätze geplündert, Naturvölker ermordet und Tierarten ausgerottet worden.

Meine Vision ist es, mit Brüdern und Schwestern, Tieren und Pflanzen in Liebe und Frieden auf einer ursprünglichen wilden lebendigen Erde zu leben, wo auch wir wieder lebendig werden! Ohne Sorgen um Geld, Arbeit, Wohnung, Nahrung in einem jungen gesunden erneuerten Körper zu leben, der keinen Hunger kennt, keine Kälte und keine Hitze. Eine Erde, auf der wir alle nackt und unschuldig wie Kinder herumspringen. Wie im Paradies.

Sieben Dinge hat Gott uns aus dem Paradies hier auf der Erde gelassen, damit wir uns daran erinnern: Babys, Blumen, Sterne, Bienen, Schmetterlinge, Vogelgesang und die Liebe!

Sehr inspiriert wurden wir damals auch von dem französischen Film „Der Grüne Planet". Die Bewohner dieses Planeten sind unserer Zeit voraus. Als sie erkannt hatten, daß sie ihren Lebensraum zerstören, haben sie sich von allem Komfort und Technik getrennt und führen ein Leben in der Natur in Gesundheit und Freude. Dieser Film besitzt Tiefgang und sehr viel Humor!

An den Wandel glaubte ich nicht mehr. Dieser Bewußtseinswandel der Menschheit sollte ja schon 2012 stattfinden. Wenn 10% der Menschen in diesem neuen Bewußtsein lebten, würde dieser geistige Zustand aufgrund der Theorie des Morphogenetischen Feldes einfach auf alle Erdbewohner überschwappen. Für mich verkörperte dieses Neue Bewußtsein, daß wir alle den Göttlichen Willen befolgen müssen, also unserer Intuition, unserem Hohen Selbst und unserem Herzen folgen, unabhängig davon, was unser Ego uns einflüstern möchte!

In über 20 Jahren habe ich nur drei Menschen getroffen, die dies getan haben. Als erstes traf ich 2010 auf einer spirituellen Messe Johannes, den Täufer, der auch in diesem Leben wieder Johannes hieß, Yoga-Lehrer war und ein charismatischer Prediger. Er folgte seiner göttlichen Führung, indem er ein Haus mietete, das das Leben ihm gezeigt hatte, obwohl er nicht die finanziellen Mittel dazu besaß. Kurze Zeit später fügte es sich so wunderbar, da er eine Heilpraktikerin traf, die bei ihm im Haus eine Praxis eröffnete. Zusammen mit seinem Yoga-Unterricht konnte somit die Miete finanziert werden.

Den nächsten Menschen traf ich Ostern 2013; es war ein alter Bruder von mir, den ich aus vielen Leben im Himalaya kannte. Auch er war in diesem Leben wieder Schamane und in der ganzen Welt mit seinem Bulli unterwegs. Dieser Mann lebte sehr spartanisch wie ein Mönch und stellte seine persönlichen Bedürfnisse hinten an. Er gehorchte vollkommen seiner Göttlichen Führung.

Die dritte Person überraschte mich auf einer spirituellen Messe, die ich mit zwei Freundinnen besuchte. Wie immer gab es riesige Plakate mit vielen berühmten Esoterikern an den Ständen. Das langweilte mich. An einem kleinen unscheinbaren Stand fand ich plötzlich SIE. Sie hatte sich ein paar Blumen in`s Haar gesteckt und häkelte Merkabahs*. Sie rieb sich verwundert die Augen und rief aus: „Du stehst ja auch in der ersten Reihe!"

Dann umarmten wir uns lachend, innig und schwesterlich.

Neue Erde Fortsetzung

Atan fand eine baubiologisch sanierte kleine Wohnung in einem winzigen Fachwerkhaus in der Altstadt von Blomberg, direkt an der Burg. Eigentlich ist ganz Blomberg eine Altstadt, mit wunderschönen renovierten alten Fachwerkhäuschen und wirkt eher wie ein großes Dorf.

Mich verschlug es in`s Vlothoer Land, wo ich auf einem alten Gehöft ein kleines Bruchsteinhäuschen mieten konnte.

Zwei bis drei Mal in der Woche wanderte ich mit meinem Rucksack über die idyllischen Hügel den Berg hinunter nach Vlotho zum Einkaufen. Auf einer dieser Wanderungen traf ich eine Frau im Wald, die gerade ein kleines Ritual zelebrierte. Wir kamen in`s Gespräch und es stellte sich heraus, daß sie Yoga-Lehrerin war und auch seit kurzem hierher gezogen ....

Wir verabredeten uns für eine Wanderung. Was sie mir dann daraufhin berichtete, war fast unglaublich. Auch sie hatte von der Neuen Erde gehört und kannte sogar drei Frauen, die schon einen „Testflug" dorthin unternommen haben! Außerdem hatte sie die Information erhalten, daß sich in diesem Jahr – wir schrieben das Jahr 2021 – Zeitfenster öffnen würden, in denen wir die Möglichkeit hätten zu reisen. Allerdings müsse man drei Voraussetzungen erfüllt haben: ein reines Herz, alles loslassen können und einen leichten Körper (durch gesunde Ernährung, Bewegung und Meditation). Wir dachten lange darüber nach, wie die Reise wohl von statten gehen würde. Mir fiel als Lösung nur die Levitation* ein.

Und wo sollte der „Abflug" stattfinden? Wir bekamen durch unser Hohes Selbst die Aufforderung, drei Berge dafür zu aktivieren. Als erstes wanderten wir durch die Wolfsschlucht auf den Wittekindsberg bei Porta-Westfalica. Als wir oben waren, wurden wir mit einem riesigen leuchtenden Regenbogen empfangen, der sich über der Weser im Tor zu Westfalen spannte.

Halleluja!

Der zweite Berg war der Velmers Tot im Lipperland und der Dritte schließlich der Hohenstein, auf dem wir oben auf dem Plateau mit einem herrlichen Gewitter empfangen wurden! Auf all diesen Wanderungen sollte ich alle meine schamanischen Utensilien der letzten zehn Jahre den Naturgeistern schenken; meine Rasseln, Glocken, bunte Bänder und Zöpfe, Federn und Steine ... ich war ja nun keine Schamanin mehr ... Meine persönlichen Sachen verschenkte ich an meine Freundinnen und kündigte meine Wohnung. Zur Sommersonnenwende setzten wir uns an unsere Abflugplätze und warteten, aber nichts passierte... Ich kam erstmal ein paar Wochen bei meiner Freundin Gertraude im Moor unter und danach bei meiner alten Freundin Imke, die in der Senne in einem Holzhaus im Wald wohnt.

Dann besuchte ich Atan in Blomberg und war fasziniert von dem Flair der alten Fachwerkhäuser. Wenn ich in dieser Stadt wohnte, würde ich endlich ein Buch schreiben, dachte ich. Auf einem Spaziergang an der Burg traf ich dann Doris. Sie ist Blockflötenbauerin und ist mit ihrem Mann, einem Harfenisten, nach Blomberg gezogen. Sie meinte, es gäbe doch genug Wohnungen in dem Städtchen, die frei sind. Ich solle sie doch mal besuchen kommen. Das tat ich dann auch und zufälligerweise war gerade die Nachbarstochter Kelly bei ihr im Garten. Spontan fragte ich Kelly, ob sie nicht eine Wohnung wüßte und sie sagte: „Ja, wir haben eine zu vermieten." Daraufhin wollte ich von ihr wissen, ab wann das denn wäre. „Ab morgen", entgegnete sie. SO GUT hat GOTT mich geführt!

Mein Haus am See,

neben Nachbar Harri

Mit Eva immer geradeaus
im weiten Moor

Torre

Im Schwarzenmoor

das ehemals
hässliche Entlein

183

Holzhütte im Solling

Hüttenleben

Mit Torre und Tulli im Solling

Das verlassene Haus in Nordholz im Niemandsland

Spartanische Küche mit Ofen im alten Kotten

Hier ist Hannibal noch munter mit seinen Hennen am Scharren

Rom

Im Vatikan

Unser Deja-vu über den Sieben Hügeln Roms

Faröer

Hügellandschaft auf Faröer

Alte Steinhäuser mit Grasdächern

Kleine Fischerdörfer

Teil III

Mein Leben als Jesus Braut

Die Afrikaner

Es war letztes Jahr im Oktober, als ich bei Atan zu Besuch gewesen bin, als mich zwei Afrikaner auf der Straße ansprachen. Sie luden mich ein, am Nachmittag zu ihrer Veranstaltung zu kommen. Wir würden über Gott sprechen und ein paar Lieder singen... Ja gerne, natürlich komme ich! Was ich dann erlebte, ist fast nicht in Worte zu fassen. Der Raum war voll mit Menschen; Afrikaner, Rußlanddeutsche und viele Kinder. Ich wurde gleich sehr herzlich begrüßt und in ihrer Mitte aufgenommen. Die Lieder, die Predigt, die Fürbitten und die Zeugnisse waren so bewegend, daß mir die Tränen kamen.

Diese Menschen brannten für Jesus! Passenderweise lief diese Veranstaltung auch unter dem Motto: „Jesus liebt dich!" Danach gab es noch ein reichhaltiges Buffet und ich war umringt von einigen Schwestern, die alle Natalie oder Natascha hießen und alle für mich beten wollten. Das war sehr lieb gemeint, war mir aber doch etwas zu übereifrig. Ich hatte doch schließlich meinen Glauben. Außerdem war Jesus für mich immer ein Bruder gewesen und kein „Herr" und mit Sünde und Buße, diesem Kreuz und dem ganzen Blut wollte ich nichts zu tun haben. Trotzdem konnte ich diesen Tag nie vergessen. Als ich dann schließlich fast ein Jahr später selbst nach Blomberg zog, habe ich jede Afrikanerin angesprochen und sie gefragt, ob sie zu der „Jesus liebt dich"-Gruppe gehört. Aber niemand wußte etwas von ihnen, sie hatten sich in Luft aufgelöst. Später erfuhr ich dann, daß die Afrikaner tatsächlich nur wenige Male in Blomberg gewesen sind, um zu evangelisieren.

Wiedergefunden

Nach zwei Wochen hatte ich es mir in meiner kleinen Dachgeschoßwohnung gemütlich gemacht und fuhr mit Atan zur Quelle im Silberbachtal, um Wasser zu holen. Und wen sollte ich dort treffen?

Ich konnte es kaum fassen, aber es waren Alex und Natalie mit ihren Kindern. Sie waren letztes Jahr auch auf der Veranstaltung der Afrikaner dabei gewesen. Das war eine Wiedersehensfreude! Wir verabredeten uns für nächsten Sonntag. Sie wollten mich zum Gottesdienst in ihre kleine innovative Gemeinde mitnehmen, in der der frische Wind des Heiligen Geistes weht.

Natalie konnte wegen ihrer vier Kinder und ihrer pflegebedürftigen Mutter nicht jeden Sonntag zur Kirche fahren und so besuchte ich eine andere Freikirchliche Gemeinde.

Es war gerade Erntedankfest und der Saal war gefüllt mit mehreren hundert Menschen. Eine Frau geleitete mich zu meinem Platz und man bot mir einen Kopfhörer an für die russische Übersetzung, den ich dankend mit den Worten ablehnte, daß ich russisch in meinem Herzen verstehen würde.

Und so war es dann auch. Ich genoß den Anblick der großen hellen Halle mit den Holzbänken, oben gab es noch eine Empore, auf der viele Kinder saßen. Der Saal war voll von vielen jungen Familien mit kleinen Kindern. Die Frauen trugen alle Röcke und Kopftuch und altmodische wunderschöne geflochtene Frisuren - ich fühlte mich in eine frühere Zeit versetzt. Die vielen Kinder waren friedlich und wirkten zufrieden und alle Besucher strömten eine heitere Gelassenheit aus.

Dann begann der Lobpreis. Wunderschöne einfache kraftvolle Lieder, die ganze Gemeinde steht auf zum Singen. Ebenso zum Gebet. Die Prediger sind sehr ergriffen vom Heiligen Geist und es versagt ihnen die Stimme.

Und als schließlich ein paar ältere Frauen auf die Bühne kommen und ein wunderschönes russisches Lied anstimmten, konnte auch ich meine Tränen nicht mehr zurückhalten. Nun besuchte ich Sonntags regelmäßig die Gottesdienste in beiden Gemeinden.

Der Traum

Ich hatte einen hellsichtigen Traum. Im Traum werde ich zu Vollmond im Oktober schwanger und werde im Juli ein Kind bekommen. In einem zweiten Bild sehe ich und weiß ich, daß ich ein Stück Weg weiter gehe und ich lasse mich auf eine Frau ein. In einem dritten Bild sehe ich mich hoch oben auf einem Parkdeck. Ich bin ganz alleine dort, aber plötzlich gehen überall Türen auf und viele Menschen kommen heraus.

Dieser Traum sollte sich nur 13 Tage später erfüllen. Es war „Halloween", der 31. Oktober und wir hatten Vollmond.

Der Gebetskreis

Nach dem Gottesdienst sprach mich eine Frau an, die mir eine Karte mit einem Bibelvers überreichte und mich für denselben Abend zu einem Gebetskreis einlud. Das hatte sie von Gott auf's Herz bekommen, wie sie sich hier immer so schön ausdrücken. Ich spürte sofort, wie wichtig diese Einladung für mich war und der Bibelvers auf der Karte schien das noch zu unterstreichen: „Der Herr selbst kämpft um euch, seid ihr nur ganz ruhig." Helene bot mir an, mich abends abzuholen und meinte, ich werde mich dort sicher wohlfühlen. Der Gebetskreis fand bei Lilli und Jakob statt und die Runde war mit etwa zwanzig Leuten gut besucht. Es gab herzliche Begrüßungen und Gespräche bei Kuchen und Tee am Tisch. Auch ich fühlte mich gleich wie zu Hause. Nach einer guten Stunde gingen wir in's Wohnzimmer und setzten uns in einem Kreis zusammen. Einige Teilnehmer berichteten über ihre

Erlebnisse mit Gott in der letzten Zeit. Als dann gefragt wurde, ob jemand ein Gebet bräuchte, wurde ich so unruhig, daß ich mich meldete. Ich setzte mich also mit meinem Stuhl in die Mitte des Gebetskreises und die anderen legten los. Beziehungsweise der Heilige Geist, der durch sie wirkte. Da wurde gebetet, gesungen, in Zungensprache* geredet, Hände aufgelegt und Informationen mitgeteilt, die der Heilige Geist ihnen offenbart hatte. Zum Beispiel, daß der Satan schon einige Male versucht hatte, mich umzubringen. Und daß es Gottes Gnade war, die mich hierhergebracht hatte. Und daß Jesus mich befreien könnte. Als ich wieder mit im Kreis saß, hatte mein Sitznachbar mir noch etwas Wichtiges mitzuteilen. Dieter, der die prophetische Gabe besitzt, sollte mir von Gott mitteilen, daß mir nicht mehr viel Zeit bliebe, mich zu entscheiden, aber ich sei absolut frei in meiner Wahl. Da setzte Nicolai, mein anderer Sitznachbar noch einen drauf mit seiner Botschaft, daß Satan versuche, mich mit aller Macht wieder zu sich zu ziehen, ich solle die Hand von Jesus ganz festhalten! Puh, das waren gewaltige Worte an mich und mein Verstand fing an zu rebellieren, wollte sie ins Lächerliche ziehen. Dafür war zum Glück keine Zeit. Denn dann setzte sich Lilli an`s Klavier und wir fingen an zu singen. Das war so intensiv, daß ich plötzlich anfing, Jesus und Halleluja zu singen, immer wieder, und gar nicht wieder aufhören konnte. Manche liefen umher und beteten, andere sangen, wieder andere sprachen in Zungen; es war wie ein großes harmonisches Konzert. Und Lilli spielte und spielte...als wir später auf die Uhr schauten, mußten wir zu unserer Überraschung feststellen, daß wir drei Stunden gebetet und gesungen haben. Es fühlte sich aber nur wie eine halbe Stunde an ... auch über mich kam der Heilige Geist und ich konnte nicht aufhören zu singen, es fühlte sich an wie eine Geburt, ich spürte, daß da etwas in mir befreit werden wollte...und mußte weinen. Plötzlich war da Helene an meiner Seite, hielt meine Hände und weinte und betete. Irgendwann nach diesem dunklen Tunnel brach dann plötzlich unvermittelt die Freude hervor und wir mußten befreit lachen und wir wurden überwältigt von so einer mächtigen Liebe, daß wir gleichzeitig ausriefen: „ich liebe dich!"

Es war meine Geistige Neugeburt und Helene war meine Geistige Mutter, die mich währenddessen unterstützt hatte. DANKE JESUS! Halleluja! Ich habe Jesus mein Herz gegeben. Und mein Leben.

Mein neues Leben

In dieser Nacht habe ich fast gar nicht geschlafen. Einerseits fühlte ich mich wie im 7. Himmel, andererseits quälten mich viele Zweifel und Fragen. Dieser Zustand sollte auch noch ein paar Wochen andauern. Ich hatte mich 22 Jahre in der Spirituellen Welt aufgehalten. Meinen neuen Schwestern nannte ich als Vergleich, wie sie sich fühlen würden, wenn jemand käme und ihnen sagte, ihr geliebter Ehepartner sei leider 20 Jahre lang der Falsche gewesen, hier bitteschön, das sei jetzt der Richtige!

Nach meinem ersten Morgentee und einem neuen, etwas zögerlichem Gebet, fiel mein Blick auf den zerknitterten Umschlag, den Lilli mir gestern nacht noch in die Hand gedrückt hatte. Zum Vorschein kam ein nagelneues, noch in Zellophan verpacktes Buch mit dem Titel: NEUES LEBEN – NEUE IDENTITÄT Das saß. Überwältigt von dieser geistigen Wahrheit mußte ich mich erst einmal hinsetzen.

Jesus, betete ich, zeig` du mir die Wahrheit! Da schlug ich die Bibel auf und bekam als Antwort: „Ihr verlangt nach einem Zeichen, sind wir nicht Zeichen genug?" (Jona, Ninivee) Demütig mußte ich erkennen, daß meine neuen Brüder und Schwestern Zeugen sind für die Liebe Jesus. Sie sind für mich wahrhaftige friedliche liebende Nachfolger Jesus. Doch ich hatte noch eine zweite Frage: „Jesus, bist du wirklich der Weg, die Wahrheit und das Leben?" Ich schlug die Bibel auf und bekam als Antwort Psalm 45, Vers11 HÖRE TOCHTER, sieh` und neige dein Ohr. Vergiß dein Volk und dein Vaterhaus. Der König verlangt nach deiner Schönheit, denn er ist dein Herr und du sollst ihm huldigen.

Das hat mich tief im Innern berührt und ich konnte die Wahrheit darin spüren, ebenso wie die Kraft des Heiligen Geistes, der mir diese Botschaft übermittelt hat.

Und trotzdem, obwohl die Botschaft so klar und eindeutig war, daß ich dazu nur JA sagen konnte, spielte mein Verstand verrückt. Ich mußte erstmal an die frische Luft. Es war Allerheiligen und wunderschönes Spätherbstwetter und ich setzte mich auf eine Bank im Park.

Da rief mich Helene an und meinte, sie seien gerade in Blomberg und möchten mich sehen. Helene und Dima hatten von Gott eine Stunde Zeit geschenkt bekommen und sie setzten sich zu mir auf die Bank. Ich hatte noch so viele Fragen und konnte einfach nicht glauben, daß mein Leben in der Spiritualität so verkehrt gewesen sein soll.

Mitten im Gespräch wurde Helene plötzlich sehr wütend und rief aus: „Satan, ich hasse dich! Du hast diese reine Seele für deine Zwecke benutzt", und sie fing bitterlich an zu weinen. Auch mir liefen die Tränen, während wir uns an den Händen hielten und weinten, und ich spürte die Wahrheit in meinem

Herzen, während der Verstand mir einflüsterte, was das alles für ein Blödsinn sei!

Dima hatte bis dahin ruhig neben uns gesessen und meldete sich dann aber mit einem Gleichnis aus der Bibel zu Wort. Er meinte, Satan könne Gott nur kopieren und sich nichts Neues ausdenken. So kopiert er auch Wunder und Heilung. Und er ist zufrieden, wenn wir beschäftigt sind und sein Spiel nicht durchschauen.

Das war für mich sehr einleuchtend. Voller Dankbarkeit, daß die beiden sich trotz ihres Hochzeitstages Zeit für mich genommen haben, verabschiedeten wir uns. Helene sollte trotz ihrer acht Kinder und dem Bau eines neuen Hauses noch die nächsten drei Wochen Zeit finden, mich jeden Tag einmal anzurufen. Dafür bin ich zutiefst dankbar. Ich danke Gott, daß er sie als meine geistige Mutter an meine Seite gestellt hat. Und ich danke meiner lieben Schwester Helene, daß sie Gott voll und ganz vertraut und ihm gehorcht. Der ganzen Gemeinde bin ich dankbar – ohne die Unterstützung meiner lieben Brüder und Schwestern hätte ich es nicht geschafft.

Die nächsten zwei Tage durchforstete ich meine Wohnung nach esoterischen Utensilien. Da war noch das alte Karten-Set der Göttinnen von Doreen Virtue, mit dem ich bestimmt schon 20 Jahre arbeitete. Auch liebte ich mein altes Tierkarten-Set. Ich konnte darin nichts Böses entdecken, doch spürte ich intuitiv, daß diese Zeit einfach zu Ende war und daß für mich ein neues Leben begonnen hatte. Das hatte ich ja schon einmal erlebt im Jahr 2007, in dem ich mein bisheriges Leben komplett losgelassen hatte ...

Dann sollte das mir doch jetzt auch gelingen. Zum Glück fiel mir ein, daß meine Freundin Gertaude im letzten Gespräch erwähnt hatte, daß eine gemeinsame alte Bekannte sich vor ein paar Jahren bekehrt hatte. Ich rief sie kurzerhand an und Karin berichtete mir freudig, daß sie seitdem einen nie gekannten Frieden hat und sich so geborgen und sicher fühle. Auch für sie war es ein Prozeß, sich von ihrer spirituellen Vergangenheit zu lösen. Und sie machte mir Mut, indem sie meinte, ich solle doch ruhig alles loslassen, ich hätte doch nichts zu verlieren. Das leuchtete mir ein. Mir wurde außerdem klar, wenn ich Krafttiere, Engel, Aufgestiegene Meister oder auch Menschen befrage statt Gott, daß ich sie somit anstelle von Gott setze und das ist mit dem Götzendienst gemeint, den die Bibel beschreibt.

Meine Namen

Außer ein paar Federn fand ich nur noch drei Kristalle, die mir eine Freundin geschenkt hatte, um das Leitungswasser zu energetisierten. Ich bekam es auf's Herz, diese zum Bach an der alten Mühle zu bringen. Kurz bevor ich dort eintraf, rief Helene mich an, aber da mein Akku den Geist aufgab, konnten wir nicht miteinander telefonieren. Das sollten wir auch nicht, denn Gott hatte einen anderen Plan.

Als ich auf der alten Holzbrücke am Bach stand, warf ich intuitiv als erstes den Bergkristall in`s Wasser und mit ihm meinen alten Namen Anu Nut Ta Mari. Das fühlte sich gut an. Dann nahm ich den Amethist in die Hand und plötzlich bekam ich auf`s Herz, meinen alten Namen Natascha mit in`s Wasser zu werfen. Oh Gott, dann bin ich ja ganz ohne Namen! Dachte ich doch, ich würde meinen alten Geburtsnamen wieder annehmen. Aber dieses Leben war ja auch schon lange vorüber und der Name mir vollkommen fremd geworden. Gott hat mich damit sehr überrascht und ich dachte, nun, Gott, dann wirst du wohl einen neuen Namen für mich haben? So warf ich den dritten Stein nicht in den Bach, sondern legte ihn, einen Rosenquarz, in die Quelle und gab noch drei Blumen hinzu, die ich unterwegs gefunden habe.

Als ich wieder zu Hause war und meinen Akku aufgeladen hatte, rief ich Helene an und erzählte ihr alles. Und daß ich jetzt quasi ohne Namen sei. Daraufhin meinte sie, daß sie genau deswegen angerufen hat. Sie habe nämlich heute morgen einen neuen Namen für mich von Gott bekommen! Unglaublich! SULAMITH. Hatte ich noch nie gehört. Ich mußte dreimal nachfragen, um ihn zu verstehen, so exotisch kam er mir vor. Ich persönlich hätte ihn mir nie ausgesucht, aber ich war ja Offenheit und Demut gewohnt und empfand das alles als großes Wunder – und so nahm ich meinen neuen Namen selbstverständlich an.

Helene erzählte mir dann von ihrem Traum. Sie träumte von einer Puppe in einem grünen Kleid mit grünen Augen. Diese Puppe war sehr hübsch, aber auch irgendwie unheimlich. Da winkte Helene die Puppe zu sich heran „gehörst du zu mir, dann komm` her." Da verwandelte sich die Puppe plötzlich in ein kleines Mädchen, daß sich an sie schmiegte und ganz weich war. Mit diesem Gefühl an ihrer Wange wachte sie auf und nahm an, daß sie noch ein Kind bekommen würde. Ihre Familie war gar nicht begeistert. „Nein, Mama, die paßt doch gar nicht in unsere Familie. Unsere Namen fangen doch alle mit L an."

Und jetzt offenbart ihr Gott, daß i c h dieses Mädchen bin!

Am nächsten Tag war ich mit den Mädchen von Natalie und Alex verabredet. Maxime und Denise sind für mich sofort wie eigene Töchter gewesen und sie freuten sich darauf, Geschichten über meine Tiere zu hören. Als ich der ganzen Familie dann von meinem neuen Namen berichtete, waren sie hellauf begeistert. Alex holte seine Bibel und wir lasen gemeinsam das Hohelied Salomos, in dem Sulamith genannt wird. Es gibt auch mehrere Schreibweisen für den Namen und wir waren uns alle sehr schnell einig: Shulamith ist die schönste. Die Bedeutung des Namens ist dem von Salomo und Shalom sehr ähnlich: die Frieden findende. Natalie und die Mädels gingen mit mir nach oben in`s Kinderzimmer und wir beteten gemeinsam. Dieser Tag war wie eine Einweihung meines Namens. Danke, Vater!

Das Abendmahl

Am folgenden Sonntag sollte im Gottesdienst ein Abendmahl stattfinden. Mir graute es etwas davor, hatte ich es doch in den evangelischen Kirchen als zähes nichtssagendes Ritual empfunden. Dann ging Jamani nach vorne, die Afrikanerin und Sängerin in unserer Gemeinde. Sie wollte noch ein wenig zum Abendmahl erklären. Sie erläuterte die wahre Bedeutung des Brotes, des Weines, der Errettung, des Kreuzes, der Vergebung und der Freiheit, die wir durch Jesus geschenkt bekommen. Es waren nicht die Worte, es war der Heilige Geist, der mich die Tragweite der Kreuzigung verstehen ließ, und das in einer Tiefe, die mich immer wieder in Tränen ausbrechen ließ. Ich w u s s t e es jetzt mit ganzem Herzen, daß wir Jesus alle unsere Schwachheiten, Krankheiten, Ängste, Sorgen, Schuld-und Schamgefühle, Kummer, Trauer, Versagen und ja, unsere gesamte

Vergangenheit übergeben können, ja, übergeben müssen, denn dann setzt er uns frei! Das war eine so überwältigende Erkenntnis für mich und wenn du meinen Verstand fragst, dann glaubt er das nicht! Das alles können wir nur im Geist verstehen. Gottes Geist kommuniziert mit unserem Geist.

Die Taufe

Gott forderte mich ganz schön heraus. Er legte ein Tempo vor, daß mir oft schwindelig wurde. Aber er kennt mich ja gut und weiß, daß ich das Achterbahnfahren auch genießen kann. Es gab Gebetskreise, Gespräche, Bibelabende und natürlich das ewige Gedankenkarussel, das ich nicht abstellen konnte. Der Heilige Geist führte mich so, daß in mir der Wunsch entstand, getauft zu werden. Drei Wochen vorher wäre das noch unvorstellbar gewesen! Natürlich bin ich durch Jesus schon gerettet worden, aber die Taufe symbolisiert für mich viel mehr. Durch das vollständige Untertauchen im Wasser stirbt mein altes Leben und ich werde neugeboren im Geist Christus. Dadurch bestätige ich quasi meinen Willen, Jesus nachzufolgen, um ihm ähnlich zu werden. Natürlich schaffe ich das nicht aus eigener Kraft, sondern nur durch den Vater, den Sohn und den Heiligen Geist, die mich formen.

Die Taufe sollte nach einem Erweckungsgottesdienst bei Alex und Natalie in der Badewanne stattfinden. Morgens bekam ich es auf´s Herz, mich hübsch zu machen. Also zog ich meinen roten Wollrock, rote Kniestrümpfe und einen roten Pullover an und steckte mir rote Blumen ins Haar! Für die Taufe hatte ich tatsächlich auch ein weißes Kleid, welches schon Wochen vorher zu mir gekommen ist und ich fragte mich immer, wozu. Denn ich trage kein weiß oder schwarz oder gar grau!

Meine Taufe fand dann im kleinen Kreis statt. Natalie und Alex und ihre Kinder Maxime, Denise, Lukas und Liam sowie Helene und Dima und drei ihrer Kinder. Also quetschten sich 11 Personen ins Badezimmer und in die Dusche. Ich war doch sehr aufgeregt, da ich mit der Wassertaufe nochmals meine Entscheidung für Jesus bekräftigte. Und das fühlte sich sehr gut und richtig an. Dima, mein Geistiger Vater sprach meinen Taufspruch, den Gott mir „zufällig" ein paar Tage vorher offenbart hatte.

Mir selbst gefiel er auch. „Nun aber bleiben diese drei: Hoffnung, Glaube und Liebe, aber die Liebe ist die größte unter ihnen." (Korinther 13, 13) Danach tauchte er mich unter Wasser und unter dem Gejubel der Kinder stieg ich aus der Wanne. Nun war ich also neugeboren! Und als neugeborene Baby-Christin wollte mir mein Vater natürlich die passende Nahrung verabreichen.

Geistliche Nahrung

Mit der Bibel hatte ich so meine Probleme. Besonders das Alte Testament fand ich furchtbar grausam und unverständlich. Natürlich schlug ich jeden Morgen nach meinem Gebet die Bibel auf, aber meist hatte ich eine Frage und erhielt auch meist eine treffende Antwort. Aber in der Bibel lesen? Nein, das wollte ich nicht. Gott fütterte mich erstmal mit Büchern. Alex und Natalie brachten mir einen ganzen Schwung und ich war überrascht, daß ich sie überhaupt nicht langweilig fand. Vieles kannte ich schon aus den spirituellen Büchern, nur hier gibt es ein anderes Vokabular, das ich lernen mußte. Ich las die Bücher von Dr. Neil Anderson, Derek Prince, Watchman Nee, Yonggi Cho, Rick Joyner, Friedholm Vogel, Peter Gillquist, Rick Warren, Pete Craig`s Vision und andere. In einer christlichen Bücherstube fand ich im Antiquariat viele wunderbare AutorInnen, welche über ihr Leben mit

Gott berichteten. Da war die Christin, die von Gott mit Wohlstand gesegnet war, die ihr Herz und Haus für Not leidende Menschen öffnete. Da war die russische Philosophin, die Jesus kennenlernte und wegen ihres Glaubens verfolgt und ausgewiesen wurde. Da war das Ehepaar aus Deutschland mit ihren drei Kindern, die Gottes Stimme gefolgt sind und zum Missionsdienst nach Afrika gingen. Und da war der kriminelle Jugendliche aus den Slums, der sich bekehrt hat und ein weltberühmter Missionar und Prediger geworden ist. Und natürlich Joni, die als junges Mädchen durch einen Unfall querschnittsgelähmt ist und von Gott so wunderbar Zeugnis gibt.

Diese Menschen haben mich mit ihrer Lebensgeschichte sehr berührt und mich auch in meinem Glauben bestärkt. Und schließlich hat der Heilige Geist so in mir gewirkt, daß ich am Heiligen Abend plötzlich anfing, das Johannes – Evangelium zu lesen. Danach konnte ich nicht mehr aufhören und ich wunderte mich über mich selbst. An Weihnachten hatte ich die gesamte Bibel einmal durchgelesen und ich hätte nie gedacht, daß sie so tiefgründige Wahrheiten enthält. Natürlich habe ich die Bibel nicht komplett verstanden! Darin kann man ein ganzes Leben lesen und findet immer wieder neue Erkenntnisse. Eigentlich ist es der Heilige Geist, der uns die Augen öffnet für die Wahrheiten. Und ist man nicht bekehrt, bleibt dieses Buch buchstäblich ein Buch mit sieben Siegeln, da es dem Geist verschlossen bleibt. Erst der Heilige Geist offenbart uns die Geheimnisse. Richtig spannend fand ich die Apostelgeschichte und die Seereise von Paulus nach Rom. Jeden Morgen lese ich in den vielen Briefen von Paulus, die er geschrieben hatte. Auch heute noch sind sie für mein Leben und meinen Alltag hochaktuell! Vor ein paar Wochen noch habe ich geseufzt, wenn Helene mir die Bibel an`s Herz legen wollte, und jetzt kann ich gar nicht mehr ohne sie leben! Sie ist wirklich das tägliche Brot für mich.

Ich selbst hätte von allein nie geschafft, mich zu motivieren, in die Bibel zu schauen. Das schafft nur Gott.

Nun hatte ich das Gefühl, ein gutes geistiges Fundament zu haben. Ich nahm wahr, wie ich auf einem hohen starken Felsen stehe, daneben befindet sich ein ebenso hoher genau gleich aussehender Felsen und dazwischen liegt eine tiefe Schlucht. Es kam mir so vor, als wäre ich von dort gekommen und Jesus hat mich sicher hinübergebracht.

Pierrot Fey

Helene hatte vor kurzem im Internet eine interessante Predigt gehört. Der Prediger heißt Pierrot Fey und hat sich früher selbst mit Esoterik befaßt. Begonnen hat er seine Predigt mit einer einleuchtenden Erklärung: „Was ist Geist?" fragte er, „Geist ist Leben, welches unsichtbar ist." Na, und es gibt unterschiedliche Geister. Und wenn wir uns in der Geistigen Welt mit Energien wie Pendeln, Tarot, Reiki usw. beschäftigen, öffnen wir Tore in die Geistige Welt. Durch diese können dann Dämonen ein-und ausgehen. Am Ende der Predigt bekam Pierrot vom Heiligen Geist offenbart, daß sich jemand im Publikum befindet, der einen Dämon in seinen Füßen sitzen hat, der durch einen Feuerlauf eingeladen wurde. Ein anderer wurde anonym angesprochen, der einen Dämon des Mammons in sich trug.

Diese mitreißende und sehr persönliche Predigt von Pierrot hat mich stark erschüttert und mir die Augen geöffnet. Noch während der Predigt habe ich mich geistig „eingeklinkt" und alle Tore geschlossen, die mir spontan einfielen. Der Heilige Geist sollte aber noch den ganzen Tag über in mir wirken, sodaß mir noch etliche Dinge bewußt wurden. Wer die Predigt sehen möchte: sie ist vom 11.11.2021

Zoe Bee

Auf diese Frau hat Gott mich schon ein Jahr zuvor aufmerksam gemacht. Undzwar sah ich „zufällig" eine Talkshow im Internet, die sich mit übernatürlichen Dingen befaßte. Anwesend war unter anderem auch ein bekannter Schamane, ein Atheist sowie ein vorwitziger Psychologe und auch Zoe Bee. Sie überraschte alle ganz zum Schluß mit der Bemerkung, daß sie jetzt zu Jesus gehöre und machte dabei einen so glücklichen gelassenen heiteren

Eindruck, den ich nicht vergessen habe. Ich selbst habe noch nie einen Fernseher oder Internet besessen, doch Gott schafft es immer wieder, mir wichtiges Informationsmaterial zu bringen. Dieses Mal war es wieder Lilli, die mir das Buch von Zoe Bee schenkte, nicht ohne es vorher selbst ganz durchzulesen, so spannend fand sie es. Auch Zoe hatte ein sehr facettenreiches Leben hinter sich und hätte auch wie ich selbst nie gedacht, daß sie mal eine Christin werden sollte! Gemeinsam haben wir beide auch, daß wir unser Leben und die vielen schönen und schmerzhaften Erfahrungen nicht bereuen und dankbar dafür sind, denn schließlich führte uns dieser Weg auch zu Jesus. Gott hat uns wieder zu sich gezogen, es war seine Gnade. Und er möchte alle seine „Kinder" wieder bei sich haben! Aber es ist unsere freie Entscheidung, denn deswegen haben wir ja auch den Freien Willen von Gott mitbekommen in diese Welt.

Doreen Virtue

Seitdem Gott mir die Augen öffnete – durch Bibelstellen, Offenbarungen, Träume und Zeugnisse anderer Menschen, erwachte in mir der Wunsch, alle ahnungslosen, unschuldigen „Gefangenen", die in der esoterischen Welt entweder umherirren oder sich auch gemütlich eingerichtet haben – aufzurütteln und die Schleier zu lüften! Aber irgendetwas sträubte sich massiv in mir, mich hinzusetzen und ein Buch darüber zu schreiben. Dann erhielt ich von Dieter und Karin ein Buch einer Esoterikerin, die sich bekehrt hatte. Ich war ganz geschockt, als ich den Namen der Autorin las – das ist ja Doreen Virtue! Sie hat über 50 Bücher herausgebracht und ist eine Ikone in der esoterischen Szene und weltbekannt. Auch ich hatte einiges von ihr gelesen und besaß seit 20 Jahren auch ein Karten-Set von ihr. Na, dann brauche ich ja kein Buch mehr zu schreiben, rief ich freudig aus – Doreen erreicht ja Millionen Menschen! Genau dies war ja auch mein tiefster Wunsch gewesen. Und Gott hatte ihn schon erfüllt! Wunderbar! Danke Vater, du bist so weise. Du hast den Plan und den vollen Überblick.

Begierig las ich ihr Buch gleich zwei Mal hintereinander durch, aber irgendetwas fehlte mir. Ja, Doreens Zeugnis ist sehr offen und ehrlich und die Zusammenhänge waren für mich sehr aufschlußreich. Aber eine leise Stimme in mir meldete sich zu Wort und teilte mir mit. „du hast etwas anderes zu sagen." Nichts Besseres oder Interessanteres, sondern einfach nur etwas A n d e r e s. 10 Tage später hat der Heilige Geist mich dann dazu gebracht, noch vor meiner Morgenwäsche und Gebet mich hinzusetzen und mit dem Schreiben zu beginnen. Sieben Tage hat dieses „göttliche Schreibprogramm" angedauert! Begonnen hat Gott damit am 2.2.2022. Das Tippen hat dann die längste Zeit in Anspruch genommen und insgesamt waren es 40 Tage, solange wie die Fastenzeit gedauert hat.

Buße und Sünde

Ich möchte noch ein paar Anmerkungen zu diesen beiden „schwer verdaulichen" Begriffen machen. Buße bedeutet nichts anderes als Umkehr. Du kehrst sozusagen nach Hause zurück. Hilfreich ist vielleicht das Gleichnis des verlorenen Sohnes aus der Bibel. (Lukas 15)

Auch der Bericht über Paulus in Athen veranschaulicht mit einfachen Worten die Umkehr zu unserem u r s p r ü n g l i c h e n G o t t. (Apostelgeschichte 17, Vers 16) Sünde beinhaltet einfach alles, was wir in der Esoterik immer als negative Gedanken, Gefühle und Taten bezeichnet hatten. Es geht hier nicht nur um Mord und Totschlag, sondern um Lügen, Betrug, Neid, Eifersucht, Hass, Wut und alles, was außerhalb der göttlichen Natur liegt. Und wir k ö n n e n aus eigener Kraft gar nicht heilig werden, so sehr wir uns auch anstrengen. Wir schaffen es einfach nicht alleine. Und deswegen sind wir „Sünder". Da Jesus der einzige Mensch hier auf Erden gewesen ist, der quasi ohne Sünde war, also seine göttliche Natur behalten hat, ist er auch der Weg für uns zu Gott. Er hat alle menschlichen Schwächen auf sich genommen und an`s Kreuz getragen. Wenn wir zu ihm kommen in unseren „Schwachheiten", befreit er uns davon. Meistens leider nicht sofort, aber der Heilige Geist arbeitet daran.

Selbst Paulus hatte noch mit seinen Schwächen zu kämpfen. Siehe Römer 7, 7 :

„Denn das Gute, das ich will, das tue ich nicht; sondern das Böse, das ich nicht will, das tue ich. Wenn ich aber tue, was ich nicht will, so tue nicht i c h es, sondern die Sünde, die in mir wohnt."

Fazit

Die beiden Welten sind sich wirklich täuschend ähnlich; du findest dort Liebe, Heilung, Frieden, persönliche Entwicklung und Wunder. Deswegen glaubst du ja auch, es fehle dir an nichts – du hast ja bereits alles!

Zusätzlich gibt es eine starke Abneigung gegen Begriffe wie Sünde, Buße, Kreuz und das Blut Jesu. Als befände sich ein Schleier davor! Aber es sind die großen Geheimnisse, die der „Feind" verhüllt, verspottet und leugnet. Aber woher sollen wir das alle wissen, die wir so ahnungslos mit unseren Karten und Steinen spielen? Es läuft ja niemand mit einem Schild durch die Gegend, auf dem geschrieben steht: „Achtung, Achtung. Sie befinden sich im Herrschaftsgebiet des Satans. Bitte wachen Sie auf und wechseln Sie die Seite. Jesus wartet schon sehnsüchtig auf Sie." Wir waren ja auch alle viel zu beschäftigt im Disneyland der vielen bunten Möglichkeiten. Die einen rannten Ruhm und Geld hinterher, die anderen transformierten ein Problem nach dem anderen. Nein, ich möchte das nicht kleinreden oder gar lächerlich machen. Es gibt Millionen von Menschen, die wie ich völlig ahnungslos, völlig unschuldig mit dem Herzenswunsch, Liebe und Frieden auf der Welt zu verbreiten, tagtäglich ihre ganze Kraft, Zeit, Liebe und Erfahrung zur Verfügung stellen, auch sehr oft umsonst und völlig bedingungslos. Und es gibt hunderttausende gute HeilpraktikerInnen und HeilerInnen auf dieser Erde! Diese Geistige Welt ist aber nur eine Kopie des Satans oder auch Luzifers, des gefallenen Engels, wo wir alle traumtänzerisch mit Wundern, Liebe und Heilung beschäftigt sind, denn dann finden wir die Wahrheit nicht. Diese Wahrheit ist Jesus und das Kreuz. Darin liegt die Befreiung und Heilung und vollständige Wiederherstellung, so unglaublich das klingen mag! Die einzige Chance, die wir haben, ist, alle Zweifel des Verstandes zu ignorieren, sich mutig über die inneren Widerstände hinwegsetzen und einfach mal neugierig nachschauen, was sich da für ein Geheimnis verbirgt. Stelle Jesus doch einfach diese Frage; „Jesus, bist du w i r k lich der Weg, die Wahrheit und das Leben?" Du hast NICHTS zu verlieren, aber ALLES zu gewinnen! Mögest Du, geliebte Schwester, lieber Bruder, Dir ein Herz fassen und Jesus einfach in die Arme springen! Gott segne Dich!

Deine Schwester Shulamith

Anmerkungen

1 Hektar: ein Hektar entspricht 10.000m2 und besitzt die Größe eines Fußballfeldes, oder 100 Meter in der Breite und 100 Meter in der Länge.

2 Heidschnucken: uralte robuste Schafrasse, welche zur Landschaftspflege in der Heide eingesetzt wird, da sie auch das harte Heidekraut sowie junge Birken verbeißen und somit diese wunderschöne Kulturlandschaft für uns Menschen erhalten!

3 Altdeutscher Hütehund: eine jahrtausende alte Hütehundrasse, welche vom Aussterben bedroht ist. Es gibt sie in sieben verschiedenen Schlägen.: den Tiger, den Schafpudel, den Strobel, den Stumper, den Schwarzen, die Gelbbacke, den Harzer Fuchs bzw. den Westerwälder Kuhhund. Vor ca. 150 Jahren züchtete Graf von Stephanowitz aus diesen Arbeitshunden der Schäfer den „Deutschen Schäferhund."

4 Westfälischer Totleger: mindestens 400 Jahre alte westfälische Hühnerrasse, welche ebenfalls vom Aussterben bedroht ist. Ihren Namen verdankt sie der anno dazumal hohen Legeleistung von immerhin durchschnittlich 2oo Eiern pro Jahr. Der Ausdruck „Totleger" ist falsch ins Hochdeutsche übersetzt worden. Ursprünglich wurden sie auf Plattdeutsch „Dauerleger" genannt. Meine Lieblingshühnerrasse, sie sind wild, frei, fliegen gut und gerne und leben am liebsten natürlich im Wald!

5 Samhain: keltisches Jahreskreisfest, welches am 1. November gefeiert wird. Wurde später zum christlichen Feiertag Allerheiligen. Jahreskreisfeste haben in früherer Zeit das Jahr unterteilt durch die Sommersonnenwende am 21. Juni sowie die Wintersonnenwende am 21. Dezember, welche drei Tage und drei Nächte gefeiert wurde, da das Licht wiederkehrte und die Hoffnung auf eine Erneuerung der Natur und somit auch die Erhaltung des Lebens von Menschen, Tieren und Pflanzen.

Desweiteren wurden auch die Frühjahrs-Tag und Nachtgleiche am 20. März sowie die Herbst-Tag und Nachtgleiche am 23. September gefeiert. Die anderen vier Jahreskreisfeste finden zur Wintermitte am 2. Februar statt (heute Lichtmess), zur Frühlingsmitte am 1. Mai (Beltaine), zur Sommermitte am 2. August (Lammas) sowie zur Herbstmitte am 1. November.

6 Rauhnächte: die 12 Nächte zwischen dem 25. Dezember bis zum 6. Januar. In der Zeit seien die Schleier zur Geistigen Welt sehr dünn, sagt man, sodaß sich eine jahrhundertelange Tradition gehalten hat, vor allen Dingen in Bayern, Österreich und der Schweiz, dort in diesen besonderen heiligen Nächten das Haus und die Ställe mit Weihrauch und Gebeten zu reinigen, damit sich keine bösen Geister darin einnisten.

7 Runen: altes Alphabet der germanischen Stämme. Wird heutzutage als Orakel benutzt.

8 Tierkommunikation: telepathische Verbindung mit Tieren aller Art, sie wird meist von Hunde- und PferdebesitzerInnen genutzt, um die geliebten Gefährten besser zu verstehen. Kommuniziert wird über den Geist, nicht über die Seele. Man erhält oft die erstaunlichsten Antworten und Lösungen auf Probleme im Zusammenleben, bei der Ernährung oder auch zu seelischen Krankheiten der Tiere.

9 Familienaufstellung nach Bert Hellinger: eine therapeutische Methode, um Probleme innerhalb der Familien zu lösen; entwickelt von Bert Hellinger. Revolutionäre Methode, um alte Flüche oder Belastungen in zurückliegenden Generationen aufzudecken. Dies geschieht ausschließlich durch den Geist, nicht über den Verstand.

10 Channeling: Botschaften aus der Geistigen Welt, übermittelt durch ein Medium, auch Kanal genannt.

11 Atlantis: untergegangene Hochkultur und versunkenes Inselreich in der Strasse von Gibraltar.

Die Menschen besaßen hochentwickelte geistige Fähigkeiten wie Telepathie und Teleportation uvm.; sie haben sie allerdings zum Ende hin mißbraucht für egoistische Zwecke und Manipulationen. 144 Menschen mit der Liebe Gottes im Herzen haben verzweifelt versucht, ihre Brüder und Schwestern von ihrem eigennützigen Verhalten abzuhalten und zur Umkehr zu bewegen, doch es war zu spät. Diese Katastrophe hat viele Traumata in den Seelen hinterlassen.

12 Zwillingsflammen: romantische Bezeichnung für Dualseelen. Zwei Hälften einer Seele, die sich beim Eintritt in die duale Welt getrennt haben, auf der geistigen Ebene aber eine Einheit bilden. So ist auch die starke Anziehungskraft sowie die übernatürliche tiefe göttliche Liebe zwischen den beiden erklärbar. Nur 144000 Dualseelen sollen gleichzeitig hier auf der Erde inkarniert sein, die meisten halten sich in der Geistigen Welt auf und unterstützen ihre andere Hälfte. Viele Menschen glauben, ihre Dualseele

getroffen zu haben, doch meist handelt es sich hierbei um einen Seelenpartner, mit dem man schon viele Leben verbracht hat hier auf der Erde und auch diese Liebe kann sehr tief sein, doch meist haben wir miteinander noch etwas zu lernen.

13 Silageballen: gemähtes und angewelktes Gras einer Wiese, das bevor es den Zustand getrocknetem Heu erreicht, in große runde Ballen gepresst wird und mit grüner Folie eingewickelt wird. Neuerdings gibt es auch rosa Folie – die Ballen sehen aus wie riesengroße Ostereier!

14 Monochord: Saiteninstrument mit mehreren Saiten, welche auf einen Ton gestimmt sind. Wird in der Klangtherapie eingesetzt sowie als Begleitinstrument beim Obertongesang.

15 Externsteine: das Stonehenge Deutschlands. Markante Felsformation aus Sandstein im Teutoburger Wald im Kreis Lippe in Nordrhein-Westfalen. Alte germanische Kultstätte.

16 Lemurien: ebenfalls versunkener Kontinent zwischen Madagaskar und Indien; hier inkarnierten die ersten Menschen in körperlicher Form. Sie waren von großem Wuchs und übernatürlicher Schönheit. Es gab ausschließlich weibliche Wesen, welche sich durch Parthenogenese fortpflanzten. Diese „Göttinnen" lebten in vollkommener Harmonie mit der Natur; es gab Einhörner dort und die Luft war erfüllt von himmlischen Klängen.

17 EL AN RA: drei Sterne im Sternbild Orion.

18 Anastasia: Einsiedlerin in der Taiga Sibiriens, bekannt geworden durch den russischen Autor Wladimir Megre. Ihre Vision von Familien, die auf einem Hektar Land sich selbst versorgen und die friedlich und gemeinschaftlich zusammenleben, ist in Weißrussland, in der Ukraine, in Österreich, in Deutschland und auch in Russland Wirklichkeit geworden.

19 Angaangaq: international bekannter Schamane, traditioneller Heiler und Ältester aus Grönland. Er hält Vorträge in aller Welt, auch in Deutschland. Seine Mission ist es, das Eis in den Herzen der Menschen zu schmelzen.

20 Thorshavn: kleinste „Hauptstadt" der Welt; liegt auf Färöer. Eigentlich: Thor`s Hafen, benannt nach dem germanischen Donnergott Thor bzw. Donar, von dem auch unser Donnerstag abgeleitet wurde.

21 Merkabah: energetischer Lichtkörper aus der göttlichen Geometrie, welcher, wenn er voll aktiviert ist, uns befähigt, im Geist zu reisen; sozusagen unser Lichtfahrzeug.

22 Levitation: (lat: levitas = Leichtigkeit) das freie Schweben eines Gegenstandes oder eines Menschen im Raum. Franz von Assisi und Theresa von Avila sollen die Levitation beherrscht haben. Auch das Märchen vom fliegenden Teppich dürfte durchaus einer realen Begebenheit entsprungen sein.

23 Zungensprache: Beten in fremden Sprachen, eingegeben vom Heiligen Geist. (zu finden in der Bibel im Korintherbrief, Kapitel 12)